목차 contents

KB214024

ascendance of a bookworm
~ I'll do anything to become a librarian

『제4부 귀족원의 자칭 도서위원V』권두 컬러

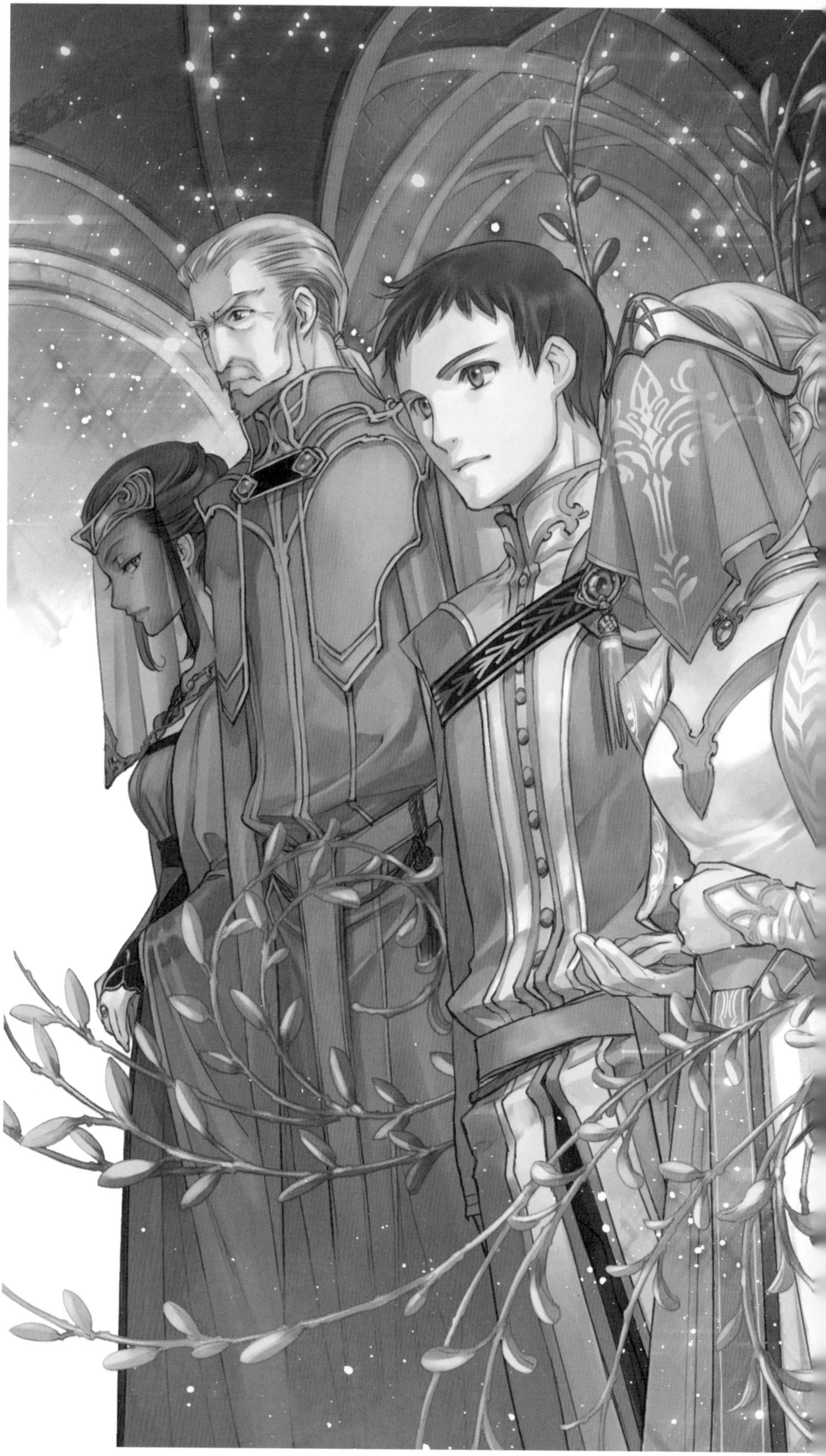

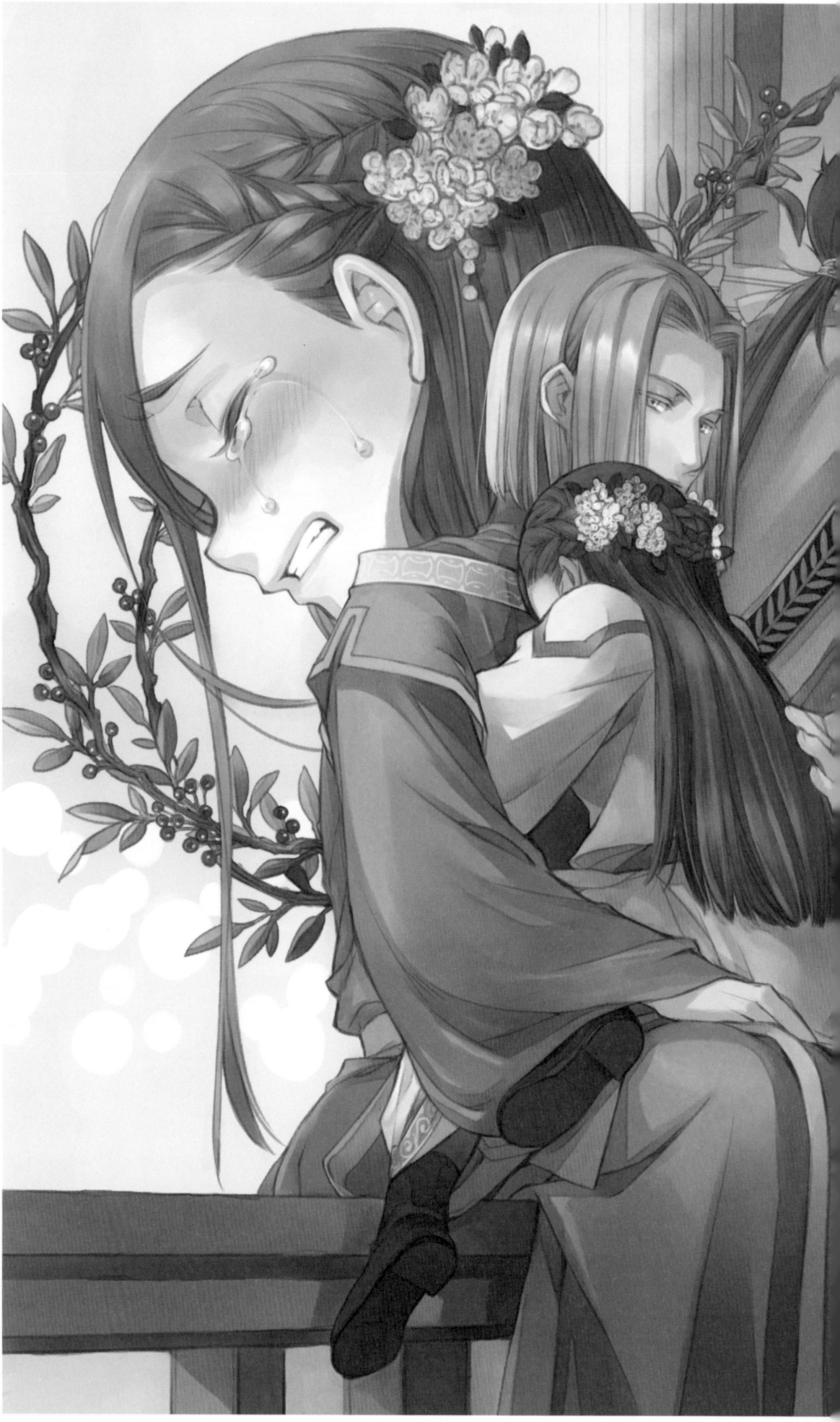

『제4부 귀족원의 자칭 도서위원Ⅷ』권두 컬러

『제4부 귀족원의 자칭 도서위원Ⅶ』표지 일러스트

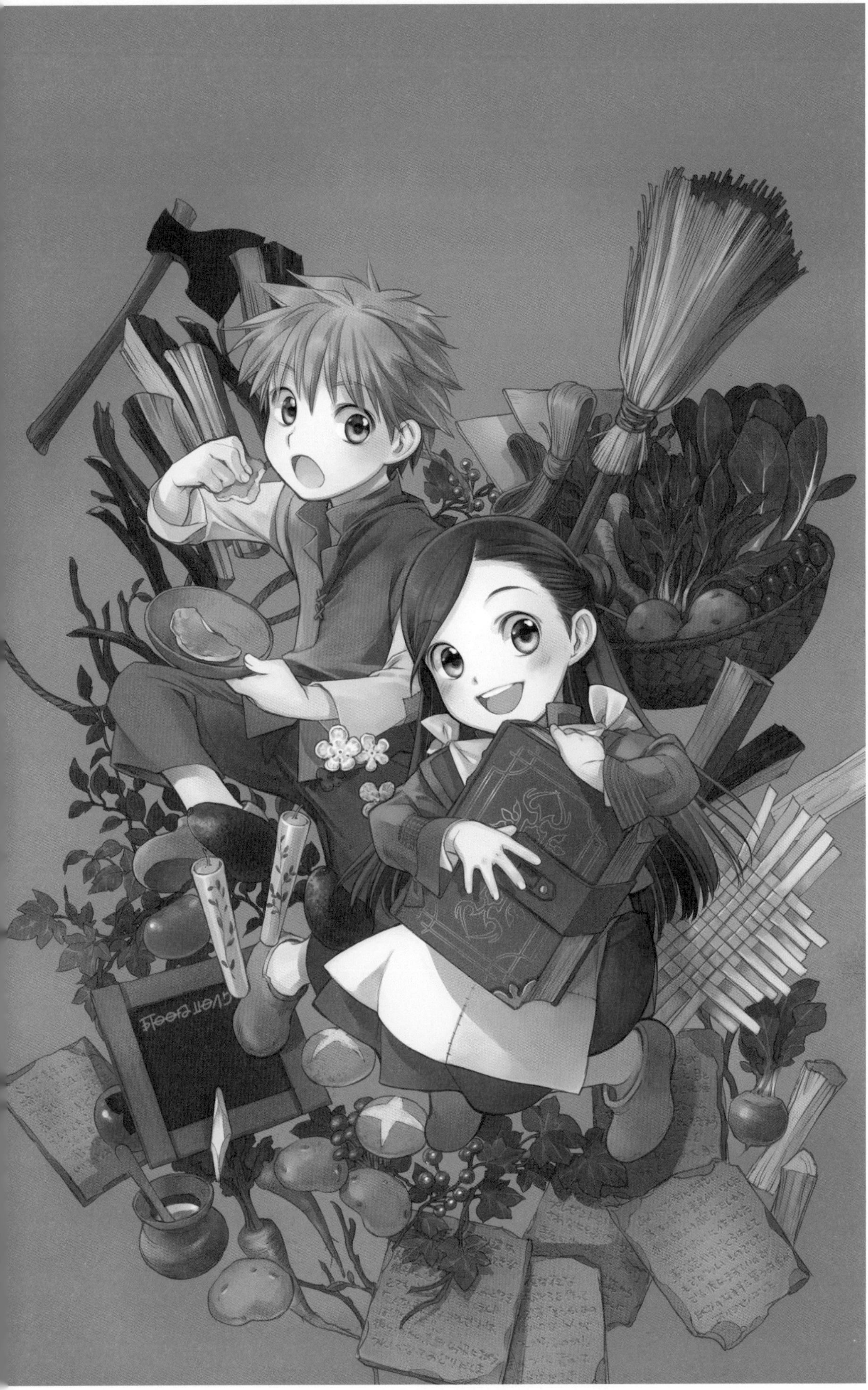

『주니어 문고 제1부 병사의 딸1』표지 일러스트

『맥밀레의 허극상 크리스마스 카드 2016』

『헨벌레의 하국상 크리스마스 카드 2017』

『책벌레의 하극상 크리스마스 카드 2018』

『책벌레의 하극상 드라마 CD 1』

『책벌레의 하극상 드라마 CD 2』

『책벌레의 하극상 드라마CD 3』

에렌페스트 전경

카즈키 미야의 제작 비화

처음에 러프를 받아보고서 「정말 대단하다」라는 생각과 함께 감동 했습니다. 애니메이션이기에 가능한 스케일이 느껴지는 미술 설정이겠죠. 앞쪽은 빈민가고 안쪽은 부호들이 사는 곳이라서 색채를 다르게 설정해 주셨습니다. 빈민가는 거무스름하고 그을린 느낌. 안쪽은 선명한 색으로 표현되었습니다.

카즈키 미야의 제작 비화

스즈카 씨께서 짜 주신 만화용 설정을 애니메이션 제작진께도 공유해 주셔서 디자인했습니다. 처음에 스즈카 씨께 디자인을 부탁드렸을 때도 자료 사진을 서너 장 보내고 끝났을 정도로 명확한 이미지를 가지고 있었습니다. 문은 평민도 닫을 수 있도록 목재로 만든 문입니다. 그런데 사실 원작 설정에서는 영주가 마술로 닫을 수 있는 석재 문도 있습니다. 거기까지 만들면 일이 너무 커져 버리기에 애니메이션에서는 생략했습니다만(웃음).

마인네 집 외관

카즈키 미야의 제작 비화

2층까지는 석조, 그 위층은 목조라는 설정을 상당히 꼼꼼히 만들어 주신 덕분에, 완성된 그림을 보고는 「오!」하고 놀랐습니다. 채색 때는 세세하게 주문을 했었습니다. 처음 버전에서는 너무 밝았었기에, 좀 더 낡은 듯한 소재의 느낌을 살려 달라고요. 특히 전체적으로 어두운 색감으로 부탁드렸습니다.

마인네 집 침실

카즈키 미야의 제작 비화

포인트는 창문의 재질이 유리가 아니라 목제일 것. 침대 발치에 있는 가구들도 나무상자들이 줄지어 있고 그 위에 소품을 넣어 두는 바구니가 있는 정도로 간소한 분위기를 중시해 달라고 부탁드렸습니다. 원래 스즈카 씨께서 만화를 그릴 때도 원작의 포인트를 꼼꼼하게 표현해 주셨기에 애니메이션 제작진께도 공유했습니다. 그리고 창문 밑에 있는 것은 발판입니다. 창 너머로 쓰레기를 버릴 때 사용하죠. 이 정도면 투리도 손이 닿습니다(웃음).

상업 길드 외관

카즈키 미야의 제작 비화

이쪽도 「마인네 집 외관」과 마찬가지로 2층까지와 그 위쪽의 자재가 다릅니다. 스즈카 씨의 만화를 기본으로 삼아 달라고 부탁드리면서 애니메이션 제작진께 유럽의 건물 중에서도 광장에 접한 건물의 사진을 참고해 달라고 했습니다. 건물 조형은 길 모양에 맞춘 형태입니다. 채색할 때 건물마다 다른 색감으로 표현해 달라고 부탁드렸습니다. 거주자가 부호들이기에 가능한 컬러풀한 색감입니다.

오트마르 상회 응접실

카즈키 미야의 제작 비화

애니메이션에서 만들어 주신 설정입니다. 소파를 너무 푹신하게 표현하지 않도록 부탁드렸습니다. 판자 위에 천을 두른 정도이기 때문입니다. 그리고 응접실은 2층이니까 벽은 하얀색으로 부탁드렸습니다. 안쪽에 배치한 장이나 자잘한 물건들은 애니메이션 제작진께 위임했습니다.

길베르타 상회 외관

카즈키 미야의 제작 비화

기본적으로는 「상업 길드 외관」
과 마찬가지. 하지만 이쪽은 중앙
광장에 인접하지 않았기에 길에
맞춘 모양이 아니라 직사각형 모
양입니다. 이것도 스즈카 씨의 만
화를 바탕으로 제작했기에, 러프
단계부터 이미지가 잡혀 있었습니
다. 하지만 컬러는 처음이다 보
니 색을 입힌 모습에 감동하기는
했지만, 처음에는 인도에 깔린 포
장석이 너무 하얗고 깔끔해서 지
저분한 느낌으로 부탁드렸습니
다. 원작에서는 이것보다 훨씬 엉
망이거든요(웃음).

카즈키 미야의 제작 비화

스즈카 씨께서 이미 디자인해 주셨기에 그 이미지를 답습했습니다. 기본적으로는 애니메이션 제작진께 위임했습니다만 색을 입힐 때는 흰색을 베이스로 해 달라고 부탁드렸습니다, 부호층보다는 서민적인 분위기를 강조하고 싶다는 이유로 목제 가구가 많아졌습니다. 이 부분은 애니메이션 제작진께서 제안해 주시면 확인하면서 진행했습니다.

釘隠しのフタ

品物は仮で置いています
(マフラーや布見本など)

ベンノの応接室へ

倉庫へ

商談用の椅子と机

階段がある小部屋

신관장의 비밀방

카즈키 미야의 제작 비화

애니메이션에서 처음으로 디자인한 곳이면서 상당히 신경 쓸 부분이 많은 방이라서 많이 힘들었습니다(쓴웃음). 특히 중요하게 여긴 부분이라면 책상 옆에 있는 가구 윗부분을 조합 작업을 하기 쉽도록 넓게 만들고, 그 아래쪽에는 약 상자 같은 서랍들을 잔뜩 달아 달라고 부탁드렸습니다. 그리고 바닥에도 책이 쌓여 있는 등 어질러진 분위기를 중시했습니다. 러프 단계에서부터 창문에 롤 스크린 커튼을 다는 등, 세세한 곳까지 주문했습니다. 그 뒤에 만화 팀에도 공유해 드렸습니다.

『第4부 귀족원의 자칭 도서위원Ⅶ』권두 컬러 러프

『제4부 귀족원의 자칭 도서위원Ⅷ』권두 컬러 러프

34

귀족원의 자칭 도서위원 V 』표지 일러스트 러프

『단편집 1』권두 컬러 러프

귀족원의 자칭 도서위원 VII』표지 일러스트 러프

『제4부 귀족원의 자칭 도서위원 VI』표지 일러스트 러프

『제4부 귀족원의 자칭 도서위원Ⅷ』표지 일러스트 러프

『제4부 귀족원의 자칭 도서위원Ⅶ』표지 일러스트 다른 시안 러프

『주니어 문고 제1부 병사의 딸 1』표지 일러스트 러프

『단편집 1』표지 일러스트 러프

레의 하극상 크리스마스 카드 2017』 러프

『책벌레의 하극상 크리스마스 카드 2016』 러프

의 하극상 크리스마스 카드 2018』 러프

『책벌레의 하극상 드라마 CD 1』권두 컬러 러프

『책벌레의 하극상 드라마 CD 2』권두 컬러 러프

『책벌레의 하극상 드라마 CD 3』권두 컬러 러프

— 오른쪽에서 왼쪽으로 읽어 주세요

찌약

좀 진정해!

리제네 오빠가 가게를 잇는 건 이미 결정된 일이잖아?

그치만… 길베르타 상회 같은 조건의 가게가 있다면

내가 상인이 될 수 있는 길이 남아 있다는 뜻이겠지?

응 우리 집은 무리야

좋았어!

응?

뭐어… 그렇겠지?

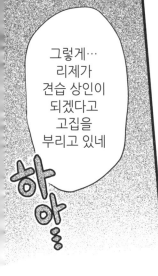

그렇게… 리제가 견습 상인이 되겠다고 고집을 부리고 있네

하아…

질 수는 없지!

아빠한테 한 번 더 견습 상인이 되고 싶다고 얘기해 볼래

뿌직 뿌직

밀다도 벤노가 있어서 견습 재봉사가 된 거 아니야?

하아…

…오빠가 있어서 나는 상인이 될 수 없대

길베르타 상회는 란하임을 위해 옷을 만드는 가게로서 이름을 받았으니까

옷을 짓는 여자가 대를 잇거든

아냐

깜짝

우리 아빠는 여자는 후계자가 될 수 없다고 했는데!

뭐야 그게?!

꽝

오빠가 옷을 만들지 않는 한은 내가 후계자야

← 오른쪽에서 왼쪽으로 읽어 주세요

41

…그러면 당연히 상인을 고르겠지

당분간은 견습 재봉사와 견습 상인을 둘 다 시켜 보고

열 살이 되면 둘 중 하나를 고르게 하는 건 어떤가?

다프라 하나 소개하는 정도야…

남의 일이라고 멋대로…

리제의 장래를 길베르타 상회에서 책임이라도 질 거요?

의지가 굳○ 머리도 좋○ 말도 잘 하○ 상인이 어울릴 것 같은데

…우린 괜찮지 뭐

당분간은 리제가 원하는 대로 둬 볼까

어쩔 수 없군…

끝

← 오른쪽에서 왼쪽으로 읽어 주세요

마력 감지와
결혼 상대의 조건

카즈키 미야

"……어머나?"

기사 코스 분들이 다 함께 모여 기숙사 안에서 공부하던 때였습니다. 갑자기 주위가 소란해진 것 같은, 묘한 시선이 느껴진 듯한 기분이 들어서 저도 모르게 고개를 들었습니다. 갑자기 움직인 탓에 같이 공부하던 나탈리에 님이 이상하다는 얼굴로 저를 쳐다보며 고개를 갸웃거립니다.

"유디트 님, 무슨 일이라도 있으신가요?"

주위를 둘러보니 제 눈에 비치는 풍경 자체는 하나도 다를 게 없는데, 살갗에 느껴지는 세상이 지금까지와 달리 유난히 존재감이 있는 쪽과 존재감이 희박한 쪽으로 나뉘어 있었습니다. 온몸에 소름이 돋는 듯한 위화감 때문에 저는 펜을 내려놓았습니다.

……혹시, 마력 감지?!

지금까지는 전혀 신경도 쓰지 않았던 타인의 존재가 갑자기 느껴졌다는 데 놀라서 저는 말없이 자리에서 일어났습니다. 덜컥, 하는 소리에 다른 분들의 시선이 일제히 제게 모여들었습니다. 여기저기에 있는 마력의 흔들림과 그것들을 제가 느끼고 있다는 사실에 동요한 저는 빠른 걸음으로 걸어가 문을 열었습니다. 깜짝 놀라서 소리까지 내고 계시는 주위 분들께는 정말 죄송하지만, 도저히 태연한 얼굴로 그 자리에 있을 수가 없습니다. 아마도 지금 제 얼굴은 쑥스러움 때문에 새빨갛게 물들어 있겠죠.

"무슨 일이신가요, 유디트 님?"

시종으로 귀족원에 동행한 프레데리카는 어머니가 없는 지금 상황에서 저와 가장 가까운 데다 상담도 할 수 있는 연상의 여성입니다.

"프레데리카, 제, 제가……."

마력 감지가 가능해지고 그 위화감에 당혹스러워하고 있다는 말을 하고 싶었지만, 대체 어떻게 말해야 좋을지를 몰라서 저는 말끝을 흐리고 말았습니다. 하지만 제가 설명하기도 전에 저를 건드린 프레데리카의 눈이 휘둥그레졌습니다.

"……어머나? 유디트 님의 마력이……. 세상에나! 축하드려요!"

마력 감지는 보통 열 살에서 열다섯 살 사이에서 일어나는 변화입니다. 귀족 아이에게 일어나는 제2차 성징 중 하나라고 할 수 있겠죠. 마력량이 가까운 사람을 느낄 수 있게 되는 능력으로, 자손을 남긴다는 의미에서 결혼에 적합한 상대를 느낄 수 있게 됩니다. 마력량 차이가 크면 자식을 갖기 힘드니까요.

"갑자기 주위가 술렁거리기 시작한 듯한 느낌이고, 왠지 다들 저를 쳐다보는 것 같아서 마음이 놓이질 않아요. 어떻게 해야 좋을까요?"

마력 감지는 제가 주위의 마력을 감지하게 된 것이 전부가 아닙니다. 주위 사람들도 제 마력을 알아채게 됩니다. 즉, 저에게 아직 결혼 상대를 찾을 뜻이 없다고 해도 적령기에 들어섰다는 사실을 알리는 것이나 마찬가지입니다. 저는 그게 너무나 창피해서 견딜 수가 없었습니다.

"금세 익숙해질 거예요."

"으……. 금세가 어느 정도인가요? 한 점 종이 지나갈 동안? 아니면 하루 정도인가요?"

제게는 정말 크나큰 문제인데, 프레데리카는 "정말 성급하네요."라고 말하더니 가볍게 웃어 넘겼습니다.

"제 때는 어느 정도였더라? 오래된 일이라서 자세한 것까지는 생각이 안 나네요. 그리고, 어떻게든 표정을 수습하고 주위의 기척을 차단하고 싶으실 때는 비밀 방을 사용하세요."

자신의 마력으로 만든 비밀 방은 외부와 완전히 격리된 공간입니다. 그곳에 틀어박히면 바깥의 기척을 차단할 수 있습니다. 저는 지금까지 비밀 방을 거의 사용한 적이 없지만, 그 필요성을 잘 깨닫게 되었습니다. 이 새로운 감각에 익숙해질 때까지 다른 이들의 마력을 느끼지 않는 공간에 틀어박히고 싶어졌습니다.

"그렇다고 틀어박혀 있기만 해선 언제까지고 익숙해지지 못하겠죠."

"아으……."

한마디로 '비밀 방에 틀어박히지 말고 빨리 익숙해져'라는 말이 아닌가요. 갑작스러운 변화에 당혹스러워하는 저와 달리, 프레데리카는 왠지 기뻐하는 듯해 보입니다.

"서둘러서 양친께 알려드려야겠군요. 마력 감지가 발현됐다는 이야기는 유디트 님의 결혼 상대에 대해 진지하게 생각해야 할 시기가 됐다는 뜻이니까요. 많이 바빠지겠네요."

상대가 어머님이었다면 '아직 익숙해지지도 않았는데 갑자기 너무 많은 걸 바라지 마세요!'라고 반론이라도 할 수 있었겠죠. 하지만 프레데리카는 친척 시종입니다. 너무 당황한 모습을 보여서는 안 됩니다. 조금 더 진정하고 냉정하게 말할 수 있을 때까지는 떨어져 있는 쪽이 좋을 것 같습니다.

"어머님께 연락은 프레데리카에게 맡기겠어요. 저는 너무 놀라서 공부하다 말고 다목적 홀을 뛰쳐나왔으니까, 일단 돌아가겠어요."

저는 서둘러 제 방에서 나왔습니다. 추운 겨울인데도 뜨거워진 볼을 살짝 두들겨 봅니다. 그래도 볼의 열기는 조금도 가시지 않았습니다. 이런 상태로 많은 분이 계시는 다목적 홀로 돌아가면 다른 사람들이 어떻게 생각할까요.

"으……. 이대로는 돌아갈 수가 없어요. 어떻게 해야 좋을까요?"

"유디트, 무슨 일이 있었나요? 갑자기 홀에서 나간 탓에 다들 걱정했어요."

복도에서 말을 건 사람은 레오노레였습니다. 기사 코스 분들에게 공부를 가르쳐 주고 있었는데 일부러 저를 쫓아온 모양입니다.

"레오노레……."

뭐라고 대답할지 생각하던 중에 앗, 하는 생각이 들었습니다. 이렇게 가까이 있는데도 레오노레의 기척은 딱히 느껴지지 않았습니다. 그만큼 레오노레와 제 마력량에 차이가 있다는 뜻이겠죠. 상급 귀족과의 차이를 확실하게 깨달았다는 뜻이지만, 지금은 레오노레의 마력이 거의 느껴지지 않는다는 사실에 안도하고 말았습니다.

"저기, 제가, 마력 감지를 할 수 있게 된 것 같아요. 그런데, 너무 갑작스러운 일이라 깜짝 놀라서……."

"아, 익숙해지기 전에는 아무래도 마음이 놓이지 않으니까요. 측근에게 상담은 했나요?"

레오노레는 바로 제 불안에 공감해 줬습니다. 저만 그런 게 아니라고 안도하는 기분이 마음속에 퍼져 나갔습니다.

"양친께 알려야겠다고 기뻐하시면서 제 불안은 금세 익숙해질 거라고 그냥 넘겨 버리셨어요. 오래전 일이라서 자세한 것까지는 생각나지 않는다던가요."

"제가 이야기를 들어드릴까요? 로제마인 님의 측근 방이라면 저희만 들어갈 수 있으니까, 조금이나마 안심할 수 있겠죠?"

로제마인 님은 에렌페스트로 귀환하셔서 부재중이시고, 남성 측근은 3층에 올라갈 수 없습니다. 성과는 달라서 귀족원의 측근 방에 들어갈 수 있는 사람은 저, 레오노레, 브륀힐데, goudy 리젤레타, 필린느뿐입니다.

"부탁드리겠습니다."

"그럼 다른 분께 이야기하고 올 테니, 유디트는 먼저 측근 방으로 가 계세요. 기사 코스 분들께는 제가 잘 설명해 둘 테니까요."

저는 레오노레에게 고맙다는 말을 하고서 바로 측근 방으로 들어갔습니다. 기숙사 안쪽에 있는 탓인지, 아니면 주인이 부재중인 탓인지 로제마인 님의 측근 방은 조용하고 잡다한 기운이 거의 느껴지지 않아서 저는 안도의 한숨을 쉬었습니다.

"유디트, 마력 감지가 발현했다면서요?"

"……예."

"축하할 일이지만 아직 공개적으로 말하고 싶지는 않겠죠. 최소한 주변의 마력에 익숙해질 때까지는."

브륀힐데가 측근 방에 있던 과자를 재빨리 접시 위에 옮겨 담으면서 쓸쓸하게 웃었습니다. 성장을 축하해 주는 것보다 당혹에 공감해 줬으면 싶었던 저는 브륀힐데의 말을 고맙게 받아들였습니다.

"시종인 프레데리카는 금세 익숙해질 거라고 했는데, 익숙해지려면 얼마나 걸릴까요?"

"그러니까, 열흘 정도려나요?"

"저는 닷새쯤 지나니까 전혀 신경 쓰이지 않았는데……."

브륀힐데와 레오노레의 말을 듣고 저는 무릎 위에 올려놓은 손을 꼭 쥐었습니다. 생각했던 것보다 시간이 필요한 듯합니다. 톡, 리젤레타가 브륀힐데의 앞에 찻잔을 놓으면서 빙긋 미소 지었습니다.

"유디트, 처음 사흘 정도는 주위의 시선을 신경 쓸 필요 없어요."

"그게 무슨 뜻인가요?"

생각지도 못한 말에 내가 눈이 휘둥그레지자, 리젤레타는 느긋한 움직임으로 레오노레에게도 찻잔을 넘기면서 초록색 눈이 살짝 가늘어 보이게 미소를 지었습니다.

"갑자기 감각이 달라지면서 주변의 마력이 민감하게 느껴지죠? 하지만 유디트가 발산하는 마력은 아직 불안정하니까 몸이 닿을 정도로 가까이 가지만 않으면 거의 느껴지지 않아요."

리젤레타는 그렇게 말하면서 제 앞에 찻잔을 놓았습니다. 흔들, 리젤레타의 마력이 움직이고 있습니다. 보이는 게 아니라 감각적으로 알 수 있습니다.

"저는 알 수 있는데 리젤레타는 모른다는 건가요?"

"이렇게까지 가까이 있으면 알 수 있어요. ……조금 약하다고 할까, 먼 느낌이네요. 마력량 차이 때문이려나요?"

여기 있는 사람 중에 제가 마력을 느낄 수 있는 사람은 리젤레타뿐입니다. 상급 귀족이자 상급생인 두 사람도, 아직 마력 감지를 못 하는 하급 귀족 필린느도 감지할 수 없습니다.

"보통은 어머님께서 가르쳐 주시지만, 귀족원 시기에는 직접 이야기를 나눌 수 없으니까요. 유디트는 모르는 게 많아서 불안하겠죠."

"실기를 조금 뒤로 미룬다면 일단 귀환하는 것도 가능하겠지만……. 지금은 돌아가지 않는 쪽이 무난할 거예요."

브륀힐데의 쓸쓸한 표정을 본 저는 "어째서죠?"라고 물으며 고개를 갸웃거렸습니다. 보통은 어머니께 자세히 배우는 거라고 말한 직후에 귀환하지 않는 게 좋겠다고 했으니까.

"부모님께서 알게 되면 분명히 남성분을 잔뜩 초대해서 축하하는 자리를 가지실 거예요. 유디트는 아직 마력 감지를 부끄럽게 여기고

언급하지 않았으면 싫잖아요? 어느 정도 마음의 준비가 될 때까지는 에렌페스트로 귀환하지 않는 쪽이 좋아요."

브륀힐데 때는 이 중에서 결혼 상대 후보를 고르라는 것처럼, 젊은 남성분들을 잔뜩 초대해서 거창한 축하연을 열었다는 모양입니다. 너무나 창피한 행사의 존재를 알게 된 저는 볼이 뜨거워지는 걸 넘어 눈물까지 글썽이고 말았습니다. 도와 달라고 레오노레를 봤더니, 레오노레는 뭐라 표현할 수 없는 애매한 미소와 함께 남색 눈으로 저를 보며 말했습니다.

"저는 브륀힐데와 달리 후계자 딸이 아니라서 그렇게 거창하게 일을 벌이지는 않았습니다. 하지만 축하연에 남성분을 여러 명 모시기는 했었죠."

"상급 귀족들만 그러는 거죠? 리젤레타는 그런 축하연을 안 했었죠?"

일말의 희망을 품고서 리젤레타를 봤습니다. 리젤레타는 차를 마시면서 곤란하다는 것처럼 미소를 지었습니다.

"유디트는 힘들겠네요. 귀족원에 있는 탓에 어머님과 상담도 못 하는데, 귀환하면 바로 친족들을 모아서 축하연을 열 테니까. 그 축하연, 필요성은 이해하지만 너무나 불편한 자리거든요."

"예? 예? 예?"

의미를 모르겠습니다. 그러니까, 중급 귀족들도 똑같이 한다는 뜻일까요. 제가 눈이 휘둥그레져 있자니 레오노레와 브륀힐데는 "하긴……"이라고 말하고는 동정하는 듯한 눈으로 저를 바라보았습니다.

"저는 여름 끝 무렵에 마력 감지가 발현돼서 축하연까지 기간이 길었고 마음의 준비를 할 시간이 있었어요. 유디트는 귀환하면 바로 하겠죠?"

"싫어요, 정말 싫어요! 그 축하연, 거부할 수는 없나요?"

손님들을 불러서 적령기가 됐다는 사실을 대대적으로 알린다니. 상상만 해도 얼굴에서 불이 나 버릴 것처럼 창피한 기분이 듭니다.

"……부모님께서 결혼 상대를 찾기 위해 필요한 통과 의례니까요."

"시종이 연락했다면 부모님께서 준비를 시작

하실 거예요."

포기하는 수밖에 없다며 미소를 짓는 선배들을 보면, 올겨울 끝 무렵에 틀림없이 제 축하연이 열릴 것 같습니다.

"그 축하연에서는 어떤 일을 하나요? 저는, 그런 자리에 초대받은 적이 없습니다만?!"

"그야 당연하겠죠. 왜냐하면 마력 감지가 가능해진 여성과 마력량이 맞을 것 같은 미혼 남성분을 만나게 하는 자리니까요. 초대받는 남성분도 거북한 기분이 들 테니, 서로 마찬가지라고 할 수도 있지만……."

축하연 자리에 있는 사람은 주역 여성과 결혼 상대 후보가 될 미혼 남성, 그리고 그 보호자들이라는 듯합니다. 너무나 노골적인 결혼 상대 알선 자리가 아닌가요. 저는 당황해서 이리저리 눈을 돌리다 남의 일이라는 것처럼 차를 마시고 있는 필린느를 발견했습니다.

"너무 느긋한 것 아닌가요, 필린느한테도 남의 일이 아니라고요! 한 살 차이밖에 안 나니까, 필린느도 이제 곧……."

"저는 여러분과 달리 아버님과 교류를 끊고 로제마인 님의 비호하에 있는 몸이니 그런 자리는 갖지 않을 거예요."

딸이 적령기를 맞이했다는 사실을 알리고 결혼 상대 후보를 찾는 행사니까, 부친과 교류가 없는 필린느한테는 관계가 없다는 모양입니다.

"아! 그러면 저도 아버님과 연을 끊으면……."

"아무리 그래도 너무 당황했어요, 유디트. 창피하다는 건 알겠지만 가족과 연을 끊는 건 아니잖아요? 그리고 그 자리를 열어 주시는 데는 가족으로서 딸을 소중하게 여긴다는 의미도 있답니다."

"예?"

"지참금 등을 준비할 수 없어서 정식으로 결혼시킬 생각이 없는 딸일 경우에는 그런 축하연을 열지도 않아요. 아버님께서 제대로 된 결혼 상대를 찾을 예정이 있다는 뜻이라고요."

저도 모르게 필린느를 바라봤습니다. 아버지와의 관계가 계속 지금 이 상태라면 필린느의 축하연이나 결혼은 어떻게 되는 걸까요. 로제마인 님께서 어떻게든 해 주시려나요. 하지만 그랬다가는 귀족들이 '그렇게까지 하는 건 아

니지…….' 라고 비난하겠죠.

"유디트, 저는 걱정할 필요 없어요. 이제 와서 아버님이 개입하는 쪽이 더 곤란하니까요."

필린느의 상황을 알고 있으면서도 저는 필린느의 입장을 배려하지 못했습니다. 복 받은 환경을 지닌 제가 축하받는 입장을 버리고 싶다고 말한 것에 대해 필린느는 어떻게 생각할까요. 시무룩해진 저를 달래려는 것처럼 브륀힐데가 제 어깨를 살짝 두드렸습니다.

"유디트에게 아버님께서 정하신 혼약 후보가 있다면 축하가 아니라 색 맞추기와 약혼 피로연이 될 거예요. 그럴 가능성은 없나요?"

"색 맞추기에 약혼이라고요?! 말도 안 돼요. 제게 약혼자 후보가 있다는 이야기는 들어 본 적이 없어요."

축하연 자리에서 결혼 상대 후보와 만나게 하고 약혼 피로연을 한다는 이야기를 들었습니다. 마력 감지가 발현된 동시에 갑자기 결혼이라는 현실이 코앞까지 다가왔습니다. 지금까지는 어렴풋하게만 생각하거나 내 일이 아니라고 여겼던 것에 대해 당장 답을 내놓으라는 말을 들은 듯한 기분입니다.

저는 약혼식 예정이 정해진 레오노레를 바라봤습니다. 레오노레는 곧 에렌페스트로 귀환해서 코르넬리우스와 약혼할 거라고 들었습니다. 두 사람 모두 상급 귀족이고 로제마인 님을 섬기는 측근입니다. 부모님들이 정하신 약혼이라고 해도 이상할 게 아닌 사이지만, 두 사람은 연애를 통해 결혼까지 이르게 됐다는 모양입니다.

"저기, 제가, 아버님과 어머님께서 무슨 말씀을 하시기 전에 여쭤 보고 싶은 일이 있는데……. 약혼자나 결혼 상대를 정하는 조건이라든지, 결정적인 근거는 대체 뭘까요? 어떻게 정하는 거죠?"

제가 질문하자 사람들의 시선이 자연스레 레오노레 쪽으로 흘러갔습니다.

"그건, 그러니까……. 결연의 여신 리베스크힐페께서 잘 돌봐 주셨다고밖에 할 말이 없네요. 저는 로제마인 님을 위해서 노력하는 코르넬리우스의 모습에 끌렸습니다. 우연히 마력량도 맞았고, 계급에도 파벌에도 문제가 없고, 코르넬리우스가 받아들여 줬을 뿐이랍니다."

"우연히, 라고요?"

저는 도저히 이해할 수가 없었는데, 리젤레타가 가볍게 웃고서 말했습니다.

"유디트, 그 이상은 레오노레도 대답할 방법이 없을 것 같아요. 결혼 상대에게 바라는 조건은 각자의 계급은 물론이고 각 가문의 사정에 따라서도 달라질 테니까요."

"그럼 리젤레타는 어떤가요? 중급 귀족이니까 레오노레보다는 저한테 참고가 될지도 몰라요. 그리고 5학년이잖아요. 부모님께서도 뭔가 말씀이 있으셨겠죠? 리젤레타가 여러 남성분께 권유를 받았다는 건 저도 알고 있답니다."

리젤레타는 자수가 특기인데다 배려도 잘 합니다. 그리고 언니 안게리카는 보니파티우스 님의 애제자인데다 에크하르트 님과 약혼했고. 중급 귀족치고는 말도 안 될 정도로 영주 일족과 가까워진, 상당히 좋은 조건입니다.

잠시 생각하는 것처럼 다른 곳을 본 뒤에, 리젤레타는 뺨에 손을 대고 고개를 갸웃거렸습니다.

"저는 후계자니까, 동생이 있는 유디트한테는 참고가 안 될 것 같아요."

"예?"

"저희는 언니와 저, 두 자매뿐이고 아들이 없으니까요."

리젤레타는 저와의 차이에 대해 말하기 시작했습니다.

일반적으로는 언니인 안게리카가 후계자가 됩니다. 하지만 리젤레타의 집안은 시종 가문이기 때문에 기사 코스를 선택한 안게리카는 그 순간 후계자에서 제외된다는 모양입니다. 그리고 에크하르트 님과 약혼하고 제2 부인이 되는 것이 정해져 있습니다. 리젤레타 말고는 가문을 이을 사람이 없다고 합니다.

그에 비해 저는 기베 퀼른베르거를 섬기는 기사 가문입니다. 남녀 동생들이 많다 보니 제가 빨리 결혼해서 가문에서 나가기를 바라고 있습니다. 후계자도 아니고 파벌이 구 베로니카파도 라이제강 계열도 아니다 보니 결혼 상대에 깐깐한 제약도 없습니다. 어지간히 이상한 사람이 아닌 이상 마력량과 계급만 맞으면 부모님도 딱히 불만을 품지 않으실 것 같습니다.

이렇게 생각해 보니…… 같은 로제마인 님의 측근인 중급 귀족이지만 입장은 전혀 다르네요.

"저는 부모님 의향을 존중해서 남편을 맞이할 예정입니다. 저는 부모님처럼 부부가 같이 영주 부부를 섬기고 싶다고 생각하고 있기에, 상대를 찾을 때는 그 점을 고려해 주십사 부탁드리고 있습니다."

리젤레타는 레오노레처럼 연애로 결혼 상대를 정할 생각이 없는 것 같습니다. "그렇군요."라고 납득하는 저와 달리 레오노레와 브륀힐데는 "리젤레타도 고생이 많군요."라며 씁쓸하게 웃었습니다.

"기베 그레첼의 딸인 저나 라이제강 직계인 레오노레는 빌프리트 님의 측근이나 아우브 주변에 남아 있는 구 베로니카 파벌 귀족과의 결혼은 절대로 용납되지 않으니까요."

장래에는 빌프리트 님의 측근들과 밀접한 협력 관계를 맺을 필요가 있지만 지금은 아직 어렵다고 두 사람은 말했습니다.

"봄에 빌프리트 님께서 인쇄업 관계로 라이제강을 방문하실 때에 조금이나마 관계가 개선됐으면 좋을 텐데 말이죠. 베로니카 님이 실각하신 지도 이제 곧 5년. 저희가 느끼기에는 나름대로 긴 시간이지만, 증조부님이나 아버님이 냉대받았던 기간을 잊기에는 너무 짧은 시간입니다."

……파벌 차이가 아직도 명확하게 남아 있군요.

그걸 남의 일처럼 생각하는 데에는 제가 태어나 자란 환경 탓이 크겠죠. 제 고향에서 가장 중요하게 여기는 것은 퀼른베르거에만 존재하는 국경문입니다. 그것을 지키는 것이 퀼른베르거 기사의 역할이자 긍지.

기베 퀼른베르거가 파벌 관계에서 한 걸음 물러나 있던 탓인지, 부모님이나 가까운 친척들도 퀼른베르거에 있는 동안에는 파벌에 대해 그리 심각하게 생각하지 않는 듯합니다. 결과적으로, 저도 어린 시절부터 파벌을 거의 의식하지 않고 자랐습니다.

철이 들었을 무렵에는 베로니카 님이 실각하고 파벌 간의 관계 개선이 시작된 데다가, 로제마인 님이 파벌을 딱히 의식하지 않으시는 주인이다 보니 저는 영주 일족의 측근이면서도 지금까지 파벌에 대한 사정을 잘 모르는 채로 지냈습니다.

어쩌면…… 저는 영주 일족의 측근으로서 실격이 아닐까요? 아…… 아뇨, 물론 파벌 간의 긴장을 전혀 느끼지 못했다는 건 아닙니다! 브륀힐데나 다른 사람들처럼 항상 신경을 곤두세우지는 않았을 뿐이고…….

제가 저 자신을 나무라는 마음속 목소리에 다급히 변명하는 사이에도, 다른 사람들의 대화는 계속 이어지고 있습니다.

"그러면 브륀힐데도 리젤레타도 마찬가지로 파벌을 고려하면서 아버님의 의향에 따라 남편을 맞이할 건가요? 기베 그레첼의 후계자잖아요?"

필린느의 말에 브륀힐데는 애매한 미소를 지었습니다. 항상 당당하고 확실하게 자신의 의견을 말하는 브륀힐데치고는 보기 드물게, "뭐, 후계자의 경우에는 부모님의 의향을 중시하니까."라고 애매하게 말했습니다.

"남편을 맞이하건 시집을 가건, 저희에게는 그레첼에 도움이 되는 것이 중요한 조건입니다. 기베 그레첼을 도울 수 있는 분이어야 하니까 감정만으로 고를 수도 없고, 친척들의 동의도 필요합니다. 그리 쉬운 일이 아니죠."

기베의 딸은 꽤나 힘든 입장인 모양입니다. 저로서는 상상도 할 수 없는 책임이 있습니다. 저는 마력 감지가 발현한 것만으로도 물에 빠진 사람처럼 어푸어푸 발버둥 치고 있는데, 지금 이 시점에서 후계자의 무거운 책임까지 짊어지고 장래의 결혼 상대까지 생각하는 건 도저히 꿈도 못 꿀 일입니다.

"짊어진 것들이 큰 분들은 정말 힘들겠네요."

책임이 적어서 속 편한 제 입장에 감사하면서 필린느에게 동의를 구했습니다. 필린느는 어린 잎사귀 같은 초록색 눈을 깜박이고는 천천히 고개를 저었습니다.

"하지만 저도 장래에는 가문을 이을 예정입니다. 콘라트가 고아원에 들어간 지금, 정식으로 그 가문을 이을 수 있는 사람은 저뿐이니까요. 최소한 어머님이나 조상님이 남겨 주신 유산을 아버님이나 요나사라 님께 넘길 생각은

없습니다. 그 점을 두고 생각해 보면, 여러분처럼 부모님의 의향을 신경 쓸 필요는 없지만 데릴사위로 맞이할 수 있는 남성이 아니면 곤란하겠네요."

말로 표현할 수 없는 충격을 받은 저는 필린느를 빤히 쳐다봤습니다. 저보다 어리고 마력 감지도 발현하지 않은 필린느가 장래 결혼 상대의 조건을 똑부러지게 생각하고 있습니다. 저는 제가 정말 속 편하게 살아 왔다는 데에 큰 충격을 받았습니다.

"그렇다면 다무엘이 딱 좋지 않은가요? 차남이라서 가문을 이을 필요도 없으니까."

"하지만 어떻게든 브리기테 님과 수준을 맞추기 위해서 마력을 높였잖아요? 필린느도 열심히 마력 압축을 해야겠네요."

필린느의 마음을 알고 있는 사람들이 제각기 다무엘을 추천했습니다. 그렇게 놀리자 필린느는 쑥스러운지 볼이 발그레해져서는 휙, 하고 시선을 피했습니다.

"제게는 좋더라도 다무엘이 저 같은 어린애를 상대해 줄 것 같지 않아요. 그러니까…… 저는 조금이라도 빨리 마력 감지가 발현했으면 좋겠어요."

"예? 필린느는 마력 감지가 발현하기를 바라고 있나요?"

갑자기 주위가 소란스러운 기분이 들고, 서로 마력량이 맞는다는 주장이 들려오는 듯해서 뒤숭숭하고 창피한 환경에 처하고 싶다고 생각하다니, 믿을 수가 없어요.

저는 도저히 생각도 할 수 없는 말을 듣고서 깜짝 놀랐는데, 필린느는 쑥스러워 보이는 얼굴을 숨기지도 않고 확실하게 고개를 끄덕였습니다.

"마력 감지가 가능해지면 다무엘과 마력량이 맞는지 아닌지 알 수 있잖아요? 앞으로 얼마나 열심히 마력 압축을 해야 하는지 목표도 확실해지고요. 그리고 다무엘이 조금이나마 여성으로서 의식해 줄지도 몰라요. 마력 감지가 발현되면 여러 가지가 달라질 테고, 저는 달라지고 싶다고 생각합니다."

……이걸 어쩌죠? 저 혼자만 너무나 생각이 없는 사람 같습니다.

다들 각자 자신의 장래에 대해 여러모로 생

각하고 있다는 걸 알고는 왠지 초조해졌습니다.

"하긴, 마력을 느낄 수 있게 되는 것이 결혼을 의식하는 첫걸음이니까요. 필린느도 빨리 마력 감지를 할 수 있게 되면 좋겠네요."

"필린느가 가문을 이을 각오를 하고 있다면, 결혼해서 중급 귀족이 될 수는 없으니까요. 앞으로도 귀족들의 험담이 계속 이어지겠죠. 남편감의 사람 됨됨이와 파벌을 잘 살펴봐야 해요."

첫사랑을 열심히 응원하는 목소리에 필린느는 얼굴이 새빨갛게 물들었고, 허둥지둥하면서 저를 가리켰습니다.

"여러분, 잠시만요. 지금은 제가 아니라 유디트의 상대를 생각해야 하지 않을까요?"

"……예?"

"아, 그렇군요. 유디트의 상담을 들어 주기 위한 모임이었죠."

화살이 나한테 돌아왔다는 생각에 깜짝 놀라며 고개를 들었더니, 다른 분들이 흥미진진하다는 표정으로 눈을 반짝이며 저를 보고 있었습니다.

"유디트는 결혼 상대가 어떤 분이기를 바라나요?"

"결혼한 뒤에는 퀼른베르거로 돌아갈 건가요?"

"오틸리에처럼 육아가 끝난 뒤에 다시 로제마인 님을 섬기는 것을 고려한다면, 귀족가에 사는 분과 결혼하는 쪽이 좋지 않을까요?"

질문이 연속으로 날아왔지만 확실한 답은 생각나지 않았습니다. 여러분들의 호기심에 노출된 탓인지, 아니면 명확하게 대답할 수 없는 탓인지 얼굴이 제멋대로 뜨거워졌습니다.

……그만해 주세요. 저는, 여러분과 달리 아무 생각도 없어요!

그렇게 소리치며 도망치고 싶어 하는 자신을 질타하면서 저는 잔을 들었습니다. 제게도 조금이나마 허세라는 것이 있습니다. 로제마인 님의 측근으로서 '아무 생각도 없다'고 대답하고 싶지는 않습니다.

……도망칠 길! 어딘가에 도망칠 길은 없을까요?!

질문에서 도망칠 수만 있다면 마력이 술렁거리는 다목적 홀에라도 뛰어들고 싶은 기분이 들었습니다. 조금 미지근해진 차를 마셔서 시간을 끌며 측근 방의 문을 노려보고 있었더니, 올도난츠가 날아 들어왔습니다. 다목적 홀에서 기사 코스 분들께 공부를 가르쳐 주고 있는 코르넬리우스가 레오노레에게 도움을 요청했습니다.

"레오노레, 코르넬리우스가 부르고 있네요. 바로 가도록 하죠. 저도 내년에 배울 이론 범위 중에서 모르는 부분이 있어요!"

"어머나, 유디트는 벌써 다목적 홀로 돌아갈 각오가 됐나 보군요. 저도 상담을 해 준 보람이 있네요. 그럼 같이 가도록 하죠."

도망칠 길을 찾았다고 기뻐하며 뛰쳐나가려던 제 망토를 레오노레가 꽉 움켜쥔 모양새가 돼 버렸습니다.

……실패했어요!

결국, 빙긋 웃는 레오노레의 손에서 도망치지 못하고, 저는 다목적 홀에서 반강제로 뒤숭숭한 시간을 보내게 됐습니다.

하지만 그 덕분이려나요. 예상보다 일찍, 약 사흘 만에 저는 주위의 마력이 느껴지는 상황에 익숙해졌습니다.

마티아스

- 중급 견습 기사
- 13세
- 진한 보라색 머리카락
- 푸른 눈
- 겨울에 태어남
- 반지 빨강
- 약 160

라우렌츠

- 중급 견습 기사
- 12세~
- 짙은 녹색 머리카락
- 오렌지색 눈
- 봄에 태어남
- 반지 녹색
- 165 정도

마티아스

머리 모양을 바꿨습니다. 가르마를 가운데에서 옆으로 옮겼고, 앞머리가 생기면서 진지한 분위기가 강해졌습니다.

라우렌츠

머리 모양을 바꿨습니다. 유스톡스와 너무 닮아서 가르마를 바꿨고, 여자아이를 좋아한다는 걸 강조하기 위해 목을 길게, 라는 카즈키 선생님의 요청이 있었습니다.

로제마인
(겨울 드레스)

시이나 선생님의 의견으로 4부 5권 표지는 겨울 사교계 드레스를 입은 로제마인으로 정했습니다. 그 표지를 위한 사전 디자인이 이쪽입니다. 진홍색 색감과 어우러지면서 임팩트 있는 디자인이 됐습니다.

아우렐리아
· 18세~
· 아우브 아렌스바흐의 조카
  램프레히트의 아내
· 금발
· 짙은 녹색 눈동자
· 봄에 태어남
· 반지 녹색
· 약 170

아우렐리아

베일을 실루엣도 전혀 비치지 않는
천으로 변경했습니다. 삽화에서는
그린 적이 않았던 맨얼굴을 여기서
만 볼 수 있습니다! 카즈키 선생님
도 「눈빛은 사나운데 처진 눈썹이
귀엽다」라고 기뻐했습니다.

기젤프리트
· 58세
· 옅은 금발
· 갈색 눈동자
· 가을에 태어남
· 반지 황색
· 약 180

기젤프리트

본편에는 거의 등장하지 않지만
카즈키 선생님의 요청으로 디자
인. 「어쩌지, 등장을 늘리고 싶어
……」라고 엄청나게 만족하셨습
니다.

힐데브란트
· 제3왕자
  아나스타지우스의 이복동생
· 7세~
· 푸르스름한 은발
· 밝은 보라색 눈동자
· 가을에 태어남
· 반지 노랑
· 120 정도

힐데브란트

카즈키 선생님의 이미지대로
표현했습니다. 「좋은 집안 도
련님 타입이고, 솔직한 느낌이
정말 좋다」라고 하셨습니다.

프리다
•13세
•140 정도

샤를로테
•10세
•135 정도
귀족원 제복 차림

프리다
샤를로테

13세로 성장한 프리다. 머리 모양은 예전과 같아도 어른스러운 분위기가 잘 드러나고 있습니다. 샤를로테와의 콤비가 귀엽네요.

라이문트
•12세
•아렌스바흐 중급 견습 문관 3학년
•검은 머리
•푸른 눈
•168 정도?
•반지 색상은?

망토가 귀찮아서
스카프로

아르투르
•22세
•중앙의 상급 시종
•짙은 갈색 머리카락
•검은 눈동자
•약 175?

조합복이라
심플한 차림

다과회용 복장

라이문트

카즈키 선생님께서 주문하신 「매드 사이언티스트처럼 보이는 연구 바보」라는 이미지대로입니다.

아르투르

착실한 귀족 같은 모습. 에렌페스트 소속 성인 남성이 입는 시종 복장과 비교해 보면 흥미롭습니다.

로제마인
(다과회 드레스)

슈바르츠&바이스의 새 의상에 맞춰 검은 바탕에 옷자락에는 섬세한 자수를 놓고 스카프 등을 추가했습니다.

▼▼▼▼▼▼▼▼▼▼▼▼▼▼▼▼▼▼▼▼▼▼▼

슈바르츠

바이스

라오블루트

- 42세
- 기렛센마이어 출신
- 중앙 기사단장
- 갈색 머리카락
- 다갈색 눈동자
- 겨울에 태어남
- 반지 붉은색
- 약 190
  망토는 검정? 진갈색?

슈바르츠&바이스

양쪽 모두 꽃과 나뭇잎 자수가 빼곡하게 놓여 있습니다. 특히 슈바르츠의 조끼에 있는 복잡한 문양은 시이나 선생님이기에 가능한 디자인입니다.

라오블루트

뺨에는 희미한 흉터, 살벌한 눈빛, 큰 체격까지 강한 아우라가 감돕니다. 설정화에는 그리진 않았지만 망토는 검정색입니다.

하이스히체

- 25세
- 단켈페르거 상급 기사
- 다갈색 머리카락
- 붉은 눈동자
- 여름에 태어남
- 반지 청색
- 180 남짓
- 울음소리는 '디러 하자!'

망토는 두르나? 안 두르나?

임마누엘

- 40세
- 중앙 신전 신관장
- 상당히 어두운 빨강 머리
- 회색 눈동자
- 약 173

하이스히체

「엮이면 진짜 짜증이 날 것 같습니다(웃음)」라고, 카즈키 선생님도 디자인을 칭찬하셨습니다. 디자인할 때는 없었지만 망토를 걸칩니다.

임마누엘

4부 7권의 새 캐릭터는 죄다 아저씨들이네요. 이 광신자 임마누엘에게서도 시이나 선생님의 각 캐릭터들의 특징을 파악한 폭넓은 디자인 능력을 엿볼 수 있습니다.

코르넬리우스&하르트무트(정장)

4부 7권 권두 일러스트를 졸업식 검무 장면으로 하기 위해 의상을 디자인했습니다. 초반 디자인에 비해 각 소맷부리를 길게 늘렸습니다. 완성한 그림에서는 역동성이 살아납니다.

제 4 부 귀족원의 자칭 도서위원Ⅷ

▼▼▼▼▼▼▼▼▼▼▼▼▼▼▼▼▼▼▼

그라오잠

헤어스타일 수정

기베 게를라흐

・40세
・마티아스의 아버지
・게오르기네 신자
・보라색 머리카락
・차가운 회색 눈동자
・겨울에 태어남
・반지 적색

그라오잠

인상이나 눈매는 카즈키 선생님의 이미지대로였지만, 기베 하르덴첼과 겹치기 때문에 머리 모양을 뒤로 쓸어넘긴 모양으로 변경했습니다.

아돌피네(정장)

4부 7권 권두 일러스트용 디자인입니다. 머리를 올리고 머리 장식을 추가했습니다. 와인 레드색 머리카락에 장미 같은 순백색 꽃이 포인트입니다.

테오도르

- 중급 견습 기사
- 9세
- 유디트의 동생
- 옅은 갈색 머리카락
- 가을에 태어남
- 진보라색 눈동자
- 반지 노랑

멜키오르

- 6~7세
- 에렌페스트 영주 후보생
- 질베스타의 차남
- 남보라색 머리카락
- 봄에 태어남
- 푸른 눈동자
- 반지는 녹색

베르틸데

- 7~8세
- 브륀힐데의 동생
- 그레첼 백작 영애(상급 귀족)
- 로즈핑크색 머리카락
- 적갈색 눈동자
- 반지 녹색
- 봄에 태어남

테오도르

유디트와 닮은 느낌까지 담아내 카즈키 선생님도 시이나 선생님의 캐릭터 표현 능력을 절찬했습니다.

멜키오르

카즈키 선생님의 「남자 샤를로테 느낌」이라는 이미지를 다븝. 차분하고 상냥한 느낌.

베르틸데

브륀힐데의 동생이라는 걸 알 수 있는 디자인이 훌륭합니다. 머리카락 땋기를 좋아한다는 걸 알 수 있는, 땋아 내린 머리카락이 눈길을 끕니다.

하이스히체의 전리품

4부 8권 표지 배경을 페르디난드의 비밀 공방으로 그리기 위해 사전에 시이나 선생님이 디자인한 아이템들. 카즈키 선생님은 각각의 색감, 회복약 용기에 금속 뚜껑과 마석 추가를 지시했습니다. 완성된 그림을 보면 세세하게 신경 썼다는 걸 알 수 있습니다.

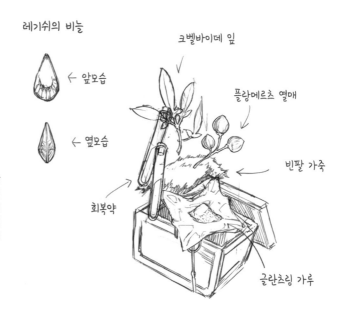

레기쉬의 비늘
← 앞모습
← 옆모습

코벨바이데 잎
플랑메르츠 열매
빈팔 가죽
회복약
글란츠링 가루

신들의 설정 자료집
스즈카

어둠의 신

- 고독한 느낌의 그늘진 꽃미남
- 머리색: 귀색인 검정
  장발을 아래쪽에서 묶음

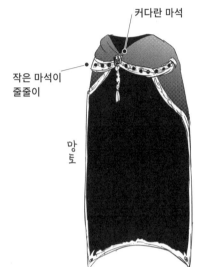

커다란 마석

작은 마석이
줄줄이

망토

빛의 여신

이마 장식은
관과는 별개

- 요란! 호화!
- 머리색: 귀색인 금색
- 마석과 금장식이 잔뜩

관

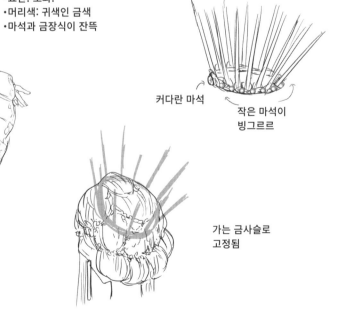

커다란 마석

작은 마석이
빙그르르

가는 금사슬로
고정됨

물의 여신
플류트레네

IN ← IN →

• 전체적으로
  흐르는 물의 이미지
• 치유계
• 머리색: 귀색인 녹색

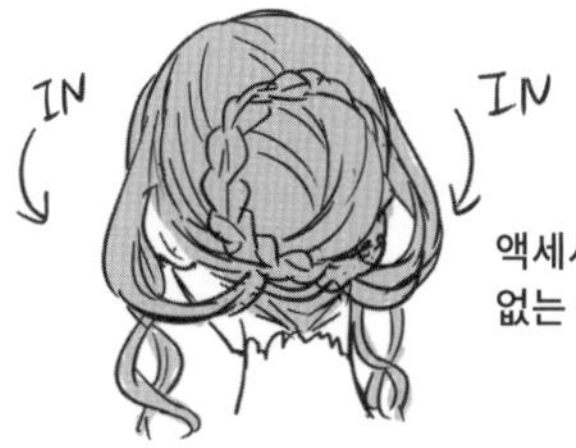

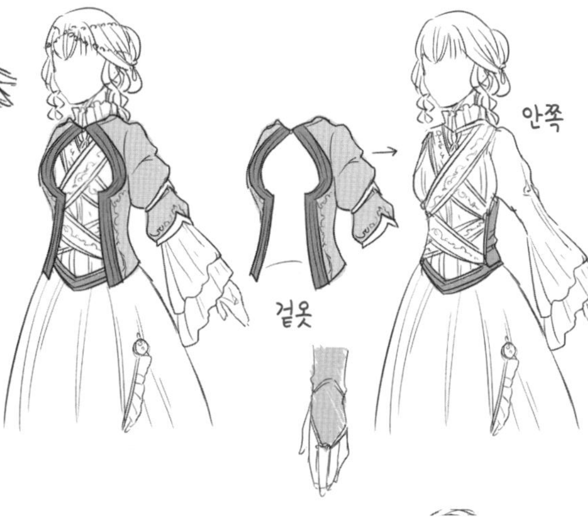

액세서리가
없는 상태

안쪽

겉옷

불의 신
라이덴샤프트

• 열혈!
• 군신 같은 이미지
• 머리색: 귀색인 파랑

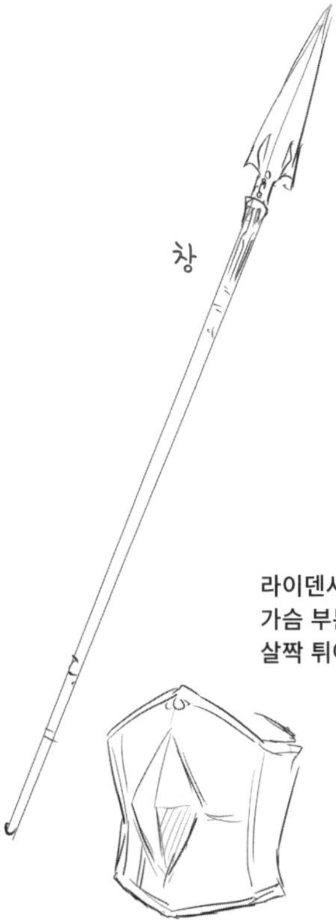

창

털가죽은
갑옷에 부착됨

갑옷

라이덴샤프트의 갑옷에는
가슴 부분에 다이아몬드 모양이
살짝 튀어나와 있음

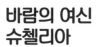

바람의 여신
슈첼리아

- 다른 여신과 균형을 맞춰서 깐깐해 보이는 미인
- 생명의 신을 막는 역할이라 복장은 부분적으로 갑옷풍 이미지
- 머리색: 귀색인 노랑

갑옷풍

옷

갑옷

갑옷의 ○ 문양을 만화에서는 알기 쉽게 짙은 색으로 표현했는데, 같은 갑옷이지만 그 부분만 소재가 다른 이미지입니다.
옷 위에 몸에 딱 맞는 갑옷을 입었습니다. 갑옷은 마력으로 만들었기에 고정구 등은 크게 신경 쓰지 않았습니다.

방패

50~60cm

커다란 마석

빙 둘러서 작은 마석
(반은 노랑, 반은 투명)

낙낙하게 땋은 머리
(베일을 걷은 상태)
둥근 머리 장식을 달았다

- 얀데레 신
- 웃는 얼굴이 무서운 느낌
- 머리색: 귀색인 흰색

생명의 신
에이비리베

사슬이나 끝단이
치렁치렁

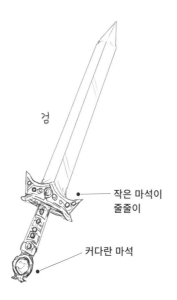

검

작은 마석이
줄줄이

커다란 마석

흙의 여신
게두르리히

- 풍만, 부드러움
  항상 눈을
  감고 있음
- 피어스나 반지 등
  액세서리가 많음
  (생명의 신의
  독점욕같은 느낌)
- 머리색: 귀색인 빨강

찐빵에 땋은 머리칼을
빙 두른 모양

잔

커다란 마석

작은 마석이
줄줄이

겉옷

안쪽

지혜의 여신
메스티오노라

- 머리카락: 밤하늘 같은 남색
- 눈동자: 금색
- 결혼 적령기로 보이지 않도록
  나이를 속이고 있기에
  안에 받친 치마는 무릎 길이

생화 같은
꽃장식

하지만 괜찮아요. 올 때처럼 풍~ 하고 금세 도착할 테니까요

그…그렇군요. 평민은 하늘을 날 일이 거의 없으니까요

코르넬리우스 오라버니를 붙잡고 가만히 있으면 금방 끝나요

그게 문제라고

어?

그… 그런가요?

심장이 멎을 것 같은 표정은 그것 때문이었나!

게다가 그렇게 작…… 나보다 가벼워 보이는 분인데, 혹시나 내가 잡아당기기라도 하면 무슨 일이 벌어질지 정말 무서워서……!

계속 귀족님을 붙잡고 있어야 한단 말이야!!

히익!

기사단장! 영주님의 사촌! 상급귀족!!

크다! 든든함! 안정!

그럼 아버님께 태워 달라고 할까요?

그럼 이탈리안 레스토랑에 돌아가서 한 번 더 힘내 볼까

마르크 씨의 아이디어니까 괜찮아요

맡겨 주십 시오

왜 그러나 구스타프? 안색이 나쁘군

로제마인은 핫세의 작은 신전을 손에 넣었다

아, 아니…

걱정하는 건 그런 문제가 아니라

돌아갈 때도 기수를 타고 하늘을 날아야 하나 싶어서

어라, 설마 고소 공포증?!

마술로 순식간!

자네를 태운 분은 분명 로제마인 님이 청색 무녀였던 시절부터 모셨던 분이지?

하다못해 그분께…

다무엘

학급귀족

예에. 얼마든지

뭐든 서로 마찬가지 잖습니까

…… ……

… 아닐세

그 때 래서 버스가 있었으면 좋았을 텐데

참자… 참아… 금방 끝나니까

자네에게 빚을 지느니 그냥…

어!?

심경은 이해하지만 당신 혼자 마차로 돌아갈 수는 없지 않나

회합은 아직 않닼...고

윽!

그냥 이렇게 짐짝처럼 운반해 주시는 방법은 어떨까

아무리 봐도 처형이잖아!!

너, 설마 일부러 그러는 거냐?

히익

아 그러면 아버님께서 옆에 끼고 가 달라고 할까요?

2019년 어느날, 드라마 CD 제3탄 녹음 현장에 갔습니다. 안내 역할인 남편을 따라서 스즈카 씨와 담당 편집자분과 만나기로 한 장소로 갑니다. 스즈카 씨, 담당 편집자분과 합류해 스튜디오로 가는 중에 '이번엔 나미노 씨와 각본 담당 쿠니사 씨가 결석입니다'라는 이야기를 들었습니다. 녹음 현장 리포트 만화 2배를 기대했었는데 아쉽네요. 쿠~웅······.

스튜디오에 도착해 인사와 명함 교환······인데, 스즈카 씨한테만. 저는 애니메이션 녹음 현장에 참석한 적이 있어서 스태프분들과는 이미 대부분 인사를 나눴습니다.
후훗~ 이번에는 여유 있겠네······라고 생각했더니, 스즈카 씨 명함 배경이 만화판「제1부 책이 없으면 만들면 돼!」4권 표지 일러스트!

"그거, 뭐죠? 전 못 받았는데요."
"어? 필요하세요? 이제 곧 제2부 일러스트로 새로 만들 건데 그때 드리면 되잖아요?"
"둘 다 주세요. 너무 예쁘잖아요."

명함 교환이 끝난 뒤 각본을 주셨고, 사인지 선물 절차와 단체 사진 찍을 타이밍 등에 대해 의논했습니다. 스태프분들이 바쁘게 준비하시는 동안 저와 스즈카 씨는 괜히 참견하지 않고 가만히 대기했습니다.

"설마 이런 분들이 나오실 줄은 모르셨죠? 너무 호화로워요."
"그러네요. 이번에는 귀족원 편이니까 측근들이 어떤 느낌이 될지 기대돼요."

이번 드라마 CD는 귀족원 2학년 기숙사 입사부터 시작하고, 로데리히의 이름 바치기가 중심이 되는 스토리입니다. 측근들 목소리가 어떻게 될지 너무나 기대됩니다. 한넬로레&레오노레 역의 모로보시 스미레 씨와 보호자 3인조는 나중에 녹음했습니다. 다들 정말 바쁜 분들이시니까요.

"카즈키 씨는 보호자들이 가장 궁금하시죠?"
"나이대가 딱 맞으니까요. 정말 잘도 모으셨다고 감탄했다니까요. 캐스팅 담당자분한테 정말 깜짝 놀랐어요."

페르디난드 역할이 하야미 쇼 씨, 질베스타 역할이 이노우에 카즈히코 씨, 칼스테드 역할이 모리카와 토시유키 씨. 담당 편집자분이 "이번 녹음에서는 누군가는 빠지는 스케줄이라서, 세 사람이 한

자리에 모이는 일은 없을 겁니다."라고 말했던 멤버들입니다.

"카즈키 씨, 성우분들이 오시면 인사드려도 될까요?"
"괜찮아요. 그런데 로제마인 역 이구치 유카 씨는 이미 질리도록 들으셨을 것 같은데 말이죠."

인사에 대해서는 사전에 담당 편집자분께 이야기를 들었으니까 인사 자체는 딱히 문제가 없습니다. 하지만 이 시점에서 애니메이션 더빙 때 주요 캐릭터들 목소리를 확인하기 위해서 두 번이나 참여했고, 매번 인사를 나눴습니다. 즉, 이구치 씨는 이번에 세 번째로 '처음 뵙겠습니다'라는 인사를 듣게 됩니다.

"그런 건 신경 쓰지 않아도 돼요. '처음 뵙겠습니다'인 사람이 대부분이니까. 스즈카 씨도 그렇고."
"어? 저도 인사해야 하나요?! 그런 얘기 못 들었는데! 그리고 제4부는 저랑 아무 상관이 없잖아요."
"스즈카 씨가 리포트 만화를 그리는데 상관이 없을 리가 있나요. '이번에 리포트 만화를 그리게 됐습니다'라고 하면 아무 문제 없다니까요."
"이쪽에서도 소개할 테니까, 스즈카 씨는 '잘 부탁드립니다'만 하면 돼요."
"그렇게 간단한 것처럼 말씀하시지만, 긴장되거든요!"

위 언저리에 손을 얹는 스즈카 씨에게 스태프가 "다 모였습니다."라고 말했습니다. 어으, 우읍······하고 신음을 내는 스즈카 씨와 함께 콘트롤 룸에서 성우분들이 계신 부스로 이동했습니다.

"원작자 카즈키 미야입니다. 애니메이션 더빙 때 몇 번인가 인사를 나눈 분도 계시지만, 처음 뵙는 분이 많으시니 다시 한번 인사드리겠습니다. 이번 드라마 CD는 제4부라는 어중간한 부분이니까 캐릭터를 파악하기 힘드실 수도 있습니다. 말하기 힘든 대사도 많겠지만, 잘 부탁드리겠습니다."
"제1부와 제2부 만화를 맡은 스즈카라고 합니다. 녹음 현장 리포트 만화도 그리지만, 이번에는 한 사람의 팬으로서 즐기도록 하겠습니다."

가볍게 인사를 나눈 뒤에 일단 콘트롤 룸으로 돌아왔는데, 질문 타임 때문에 불려서 다시 부스로. 왜,「책벌레의 하극상」이 조금 특한 부분이 있잖아요. '그대' '당신' '아버님' '마목' '귀색' 등의 한자 읽는 방법을 비롯해서 긴 외국어풍 이름의 액센트라든지 대사에 어떤 감정을 담아야 하는지 등등, 다른 스태프분들은 대답해 드릴 수 없는 질문이 많습니다.

"부르셔서 튀어나왔습니다. 질문 팍~팍 해 주세요."

로데리히 역의 엔도 히로유키 씨가 질문을 가장 많이 하셨던 것 같습니다. 이번에 로데리히는 준주인공이라서 대사량도 많으니까

요. 녹음 시점에서는 아직 제4부 VI 책도 나오기 전이라서, 엔도 씨는 온라인판을 꼼꼼히 읽으셨다는 것 같습니다.

"대본에는 '마티아스 님'이지만 원작에서는 '마티아스'였는데 말이죠……."
"책을 낼 때 '님'으로 통일했으니 여긴 대본에 맞춰 주세요."

로제마인 역의 이구치 유카 씨도 질문이 많았습니다. '○○와의'가 연속으로 나온다는 지적을 받고 대사를 고치거나, 한자 '一時'를 '한때'라고 읽어야 할지 '일시'라고 읽어야 할지 묻는다든지.

"그리고 여기 축사는 어떻게 말하면 될까요? 싸우러 가는 거니까 힘찬 느낌으로 할까요?"
"힘차게 외칠 필요는 없어요. 신께 기도하는 거니까요. 아, 그래도 무기 강화와 치유 의식에는 차이가 있었으면 좋겠네요."

개인적으로는 이구치 씨가 캐릭터 이름을 주문처럼 읊으면서 연습하는 모습이 귀여웠습니다. 긴 이름을 지은 제가 그런 생각을 한 상황은 아니지만(웃음).

코르넬리우스 역의 야마시타 세이이치로 씨는 로제마인을 부를 때 반말과 '님'을 붙이는 두 가지 패턴의 차이에 대해 질문하셨습니다. 기숙사 안에서의 사적인 자리와 그 밖의 자리에 따라 달라지는 건지, 습격당하는 등의 이유로 코르넬리우스가 감정적이 되면 그 규칙이 흐트러지는 등에 대해 제 개인적인 법칙이 있기는 했지만, 대본에 자세히 적혀 있지는 않았으니까요.

"그리고 이 부분 말입니다만, 코르넬리우스가 에스코트 상대와의 관계를 로제마인에게 감추는 데는 깊은 사정이 있는 건가요? 사정에 따라서는 이 대사가 심각해질 필요가 있을 것 같은데……."
"아뇨, 전혀. 그냥 어머니들이 만들고 있는 연애 이야기 책의 소재가 되기 싫어서 그러는 거니까, 본인들은 그럭저럭 심각하기는 해도 딱히 깊은 사정이 있는 건 아니네요."

빌프리트 역의 테라사키 유카 씨는 이번에 구 베로니카 파벌 귀족의 아이 역도 맡아 주셨습니다.

"그쪽의 구 베로니카 파벌 귀족의 아이 말인데요, 남자아이와 여자아이 어느 쪽일까요? 나이도 여쭤봐도 될까요?"
"그러니까, 빌프리트네랑 뛰어다녔으니 남자아이겠죠. 나이는 세례식에서 귀족원 입학 사이…… 7살에서 10살 사이로 부탁드리겠습니다."

샤를로테 역의 혼도 카에데 씨는 보고서를 읽는 방법에 대해 문의하셨습니다..

"여기 이 '그런데, 언니도 쓰러졌습니다'는 어떤 느낌이 좋을까

요? 보고서니까 담담한 느낌인지, 걱정하는 느낌이 겉으로 드러나야 하는지……."
"감정을 약간 억누르지만 걱정이 전해지는 느낌이면 좋겠네요."

다무엘 역의 우메하라 유이치로 씨와 하르트무트 역의 우치다 유마 씨 등 여러 분들이 올도난츠에 대해 질문했습니다.

"여기, 올'데'난츠로 적혀 있는데, 올'도'난츠가 맞는 거죠?"
"어라? 전제 제가 대본 확인할 때 지적했었는데, 수정이 안 됐네요. 올도난츠가 맞아요. 이거 말고도…… 지적 사항이 반영되지 않은 곳이 또 있을지도 모르겠네요?"

성우분들께 나눠드린 대본에는 올'데'난츠인데, 음향 감독님이 가지고 있는 대본은 올'도'난츠였다는 것 같습니다. 어디서 뭐가 달라진 건지, 신기하네요.

그렇게 이번에는 질문이 많았습니다. 저도 약간이나마 도움이 되지 않았나 싶네요. 별 도움이 안 되는 대답도 있었지만 그런 건 뭐, 필살 '대충 떠넘기기'! 지금까지 드라마 CD나 애니메이션 녹음 현장에서 봤던 성우분들의 스킬을 보아 어떻게든 해 주실 거라는, 경험에서 오는 신뢰가 있으니 문제없습니다. 기대하겠습니다.

질문 타임이 끝나면 녹음 개시. 프롤로그는 보호자 3인조의 대사가 많다 보니 나중에 녹음하기로 하고, 건너뛰어서 1장부터 시작합니다. 가볍게 테스트를 해서 캐릭터의 목소리와 대본의 대사에 이상한 점은 없는지 확인하면서 진행하는 흐름 자체는 지금까지 했던 드라마 CD와 똑같네요.

단지 이번에는 각본가 쿠나사와 씨가 결석입니다. 캐릭터의 나이에 맞는 목소리로, 등등 세세한 의견을 주시던 쿠나사와 씨가 안 계십니다.
……흐어어어어! 목소리와 나이가 맞는지 아닌지 누가 판단해야 하지?! 예? 저요?!

"카즈키 씨, 로제마인은 괜찮죠? 전 위화감이 없는데."
"애니메이션 녹음 때 들었던 평민 마을 시절 마인보다 나이가 많아졌고 귀족다운 느낌도 나니까 괜찮아요."

로제마인 역은 이구치 유카 씨. 이구치 씨는 소피의 아틀리에 시리즈에서 플라흐타 연기가 아주 인상적이고, 세세한 차이를 표현하는 능력이 뛰어나다고 생각합니다.

"코르넬리우스는 어떨까요?"

코르넬리우스 역은 야마시타 세이이치로 씨. 지난번 드라마 CD에서는 여성 성우분이 맡으셨지만, '앞으로는 변성기가 완전히 지난 목소리니까 남성 성우분으로'라고 부탁드렸습니다.

"코르넬리우스 팬이라면 반해 버릴 것 같아요."
"그게 아니라요, 카즈키 씨. 목소리가 괜찮냐고요."
"제가 바란 대로 성장했다는 느낌이랄까……."
"예. 그럼 OK로 알겠습니다."

유디트 역은 빌프리트 역의 테라시마 유카 씨가 겸하고 있습니다. 힘이 넘치는 느낌이 이미지 그대로. 문제없습니다.

"테라시마 씨는 빌프리트 역이시죠. 유디트는 이렇게 귀여운 목소리인데, 빌프리트랑 같은 분이시라니……."
"성우분들 성대는 대체 어떻게 생긴 걸까요?"

그리고 로데리히 역은 엔도 히로유키 씨. 이번 편의 준 주인공이다 보니 목소리 이미지가 아주 중요합니다. 딱히 문제는 없었지만.

"로데리히도 소심하고 쭈뼛쭈뼛하고 입장이 약한 느낌이 잘 드러나고 있으니까, 저는 로데리히에 딱 어울린다고 생각합니다만…… 스즈카 씨는 나이라든지, 신경 쓰이시나요?"
"조연 귀족으로서 매몰돼 버릴 것 같은 느낌이 정말 로데리히답네요. 저도 문제없을 것 같아요."

대집합한 귀족들 사이에서 물에 빠진 사람처럼 허둥대는 로데리히의 모습이 생각나서 푸풉. 자기도 모르게 웃음이 터진 스즈카 씨의 평가는 둘째 치고, 로데리히라는 캐릭터에는 딱 어울리네요.

필린느 역은 이와미 마나카 씨. 녹음 중에 저도 모르게 "귀엽다!" 소리가 나올 정도로 귀여운 목소리였습니다.

"필린느는 트집 잡을 여지도 없이 귀엽네요. 딱 어울려요."
"정말 귀엽지만, 한넬로레랑 이미지가 겹치지 않나요? 한넬로레는 부드럽게 귀엽고, 레오노레가 다부진 소녀 정도였죠?"
"그러네요. 한넬로레는 의젓하게 귀엽고, 레오노레는 비서 같은 느낌이죠."

한넬로레&레오노레 역의 모로보시 스미레 씨는 다른 날 녹음한다고 하는데, 어떤 느낌일지 저도 기대됩니다.

캐릭터 목소리 확인은 아직도 남았습니다. 처음에 확인해야 하는 캐릭터가 많으니까요.

다무엘 역은 우메하라 유이치로 씨. 기사답다고 생각은 하지만, 고함치는 대사라서 보통 대사를 듣지 않으면 목소리가 어울리는지 판단하기 힘듭니다. 이 부분만은 문제없다고 일단 넘어갔습니다.

그리고 조금 뒤에 나온 캐릭터가 마티아스. 이쪽도 우메하라 씨가 맡으셨습니다. 메인은 다무엘 역이라고 적혀 있었는데, 왠지 다

무엘보다 마티아스 쪽 대사가 더 많을 것 같은데 말이죠? 귀족원이다 보니 다무엘은 회상 장면에만 나오니까요.

"흐아아, 마티아스가 마티아스……."

우메하라 씨의 마티아스를 듣자 스즈카 씨의 어휘력이 파업해 버린 것 같은 느낌이었습니다. (웃음)
엄청나게 상냥하고 부드러운 느낌의 목소리인데, 그러면서도 심지가 있는 기사다운 느낌이었습니다. 이거, 마티아스 팬이라면 데굴데굴 구르면서 좋아하지 않을까요? 기대해 주세요.

리카르다 역은 미야자와 키요코 씨. 이 분은 원래 국어 선생님을 하시다 정년퇴직한 뒤 성우 학교에 들어가서 공부하고 데뷔하신 분이라고 합니다. 리카르다가 설명할 때의 말투라고 할까, 귀에 쏙쏙 들어오는 느낌이 정말 좋다고 생각했었는데, 경력을 알고 나니 이해가 되네요. 무엇보다 자신이 하고 싶은 일을 위해서 곧장 돌진하는 도전 정신과 노력이 정말 훌륭합니다. 저도 본받고 싶네요.

"음~ 리카르다는 예전 목소리가 좀 더 부드러운 할머니였다 보니, 그거랑 비교하면 좀 딱딱한 것 같은데 말이죠……."
"상냥하기만 한 게 아닌 교육 담당 같은 일면까지 생각해 보면 이 정도가 딱 좋은 것 같은데, 카즈키 씨는 별로인가요?"
"이건 이것대로……. 뭐랄까, 시이나 씨가 그린 리카르다보다 니미노 씨의 리카르다에 가까운 느낌이랄까요."
"뭔지 알겠어요! 딱 그쪽 느낌이네요!"

리카르다 역에 OK 했더니 다음은 브륀힐데 역입니다. 필린느도 맡은 이와미 마나카 씨가 연기해 주셨습니다.

"굳이 따지면 브륀힐데보다 레오노레 이미지려나요?"
"좀 깐깐한 느낌이네요."
"귀족다운 아가씨지만, 시종으로서 로제마인의 시중을 드는 캐릭터니까 좀 더 부드럽게 해 주셨으면 해요."

딱 한 번 지적했더니 높으신 귀족 아가씨 느낌은 그대로 유지하면서 목소리가 확 부드러워졌습니다. 이와미 씨, 대단해요.

다음은 하르트무트. 어떤 의미에서는 이번 드라마 CD에서 제일 신경 쓰이는&귀찮은 남자입니다. 보너스 SS에서도 절 귀찮게 했습니다. 그 하르트무트 역할은 우치다 유마 씨.

"음~ 좀 더 장난기가 있었으면 싶다고 할까…… 하르트무트인데 기분 나쁜 느낌이 부족하다고 할까."
"하르트무트인데 너무 차분하죠."

도취감을 늘렸으면 싶다든지, 광신자 같은 느낌이 좀 더 필요하다든지, 저와 스즈카 씨가 마음대로 떠든 이야기를 음향 감독님을

깔끔하게 정리해 필요한 부분만 우치다 씨께 전달해 주셨습니다.

"우와! 하르트무트 같은 하르트무트가 됐네요."
"대단하다! 기분 나빠요! (칭찬)"

이 하르트무트에게 로제마인에 대해 얘기해 보라고 시키고 싶네요. 하지만 듣고 싶지 않아요. 그런 느낌. 정말 훌륭해요.

빌프리트 역 테라시마 유카 씨는 위화감이 전혀 없었습니다. 빌프리트 이미지 그 자체. 솔직히 말해서 이미지보다 유디트와의 목소리 차이에 의식을 완전히 사로잡혔습니다.

"빌프리트는 말이 필요 없네요. 딱히 체크할 게 없어요."
"그렇게 말하자면 샤를로테도 마찬가지죠."

샤를로테 역 혼도 카에데 씨도 위화감이 없습니다. 귀여운 목소리 속에 굳은 심지가 느껴지는, 영주 후보생다운 씩씩한 분위기입니다. 귀여운 목소리지만 필린느 목소리하고 또 다른, 딱히 할 말이 없는 목소리.

목소리 이미지에 관한 이야기가 끝난 뒤에는 대사에서 수정할 부분을 확인합니다. 인터넷 연재판 독백을 대사로 변경한 부분은 명민 언어가 미묘하게 남아 있기도 하고 경칭이 부족하거나 한다든지, 이렇게 읽어 보니 처음으로 드러나는 수정 포인트가 몇 군데 있었습니다. 음향 감독님이 그런 것들을 메모하고, 부스로 가서 성우 분들께 전달합니다.

그리고 두 번째 테스트. 트라우고트를 트라고우드라고 읽으면서 연습했는지 잘 고쳐지지 않기도 하고, 보니파티우스 발음이 자꾸 꼬인다든지, 구 베로니카 파벌에 고전하기도 하고…… 역시 「책벌레의 하극상」에 나오는 단어는 힘든가 봐요.
이구치 씨가 막혔을 때 살짝 "으엑~" 소리를 내는 게 완전히 로제마인 같아서 귀엽다고 생각해서 죄송합니다.

악센트에 이상한 점이 있으면 지적을 하는데, 이 부분은 음향 감독님들이 정말 대단합니다. 음향 감독님의 손이 닿는 곳에 '악센트 사전'이 있고, 조금 이상하다 싶은 구석이 있으면 바로 그걸 확인하십니다. 사전을 보는 데 아주 익숙하신지, 확인하는 속도가 정말 빠릅니다. 이런 게 베테랑의 일하는 모습인가 싶었습니다.

본편 원 테이크를 녹음했으면 노이즈가 들어간 부분이나 빠르게 대화하는 부분에 오디오가 겹친 곳 등을 다시 녹음합니다. 이렇게 잘라내는 대사에도 제대로 감정을 싣는 모습은 몇 번을 봐도 정말 대단합니다.

1장이 끝났으면 2장 테스트 개시.
새 캐릭터가 나오니 그 목소리 체크부터 시작합니다.

슈바르츠는 혼도 카에데 씨. 샤를로테 역도 맡으셨습니다. 바이스는 필린느도 하시는 이와이 마나카 씨. 두 분 다 아무 문제 없음.

"귀여움과 귀여움이 같이 연기한다는 느낌이네요. 이렇게, 슈바르츠와 바이스를 마구 쓰다듬어 주고 싶어지는……."

솔랑쥬 역은 미야자와 키요코 씨입니다. 리카르다 역할도 겸하시죠. 약간 엄한 리카르다와 다르게 아주 부드럽고 상냥한 목소리의 할머니. 같은 사람이라는 걸 믿을 수가 없습니다. 성우 분들은 정말 대단하시다니까요.

"솔랑쥬는 문제없네요. 루펜은 어떠신가요?"

루펜 역은 야마시타 세이이치로 씨. 코르넬리우스도 겸하십니다. 이미지가 전혀 달라서, 캐스팅 표를 다시 보고서야 알았습니다.

"조금 더 젊은 느낌이라고 할까, 상쾌한 느낌으로 해 주셨으면 싶습니다. 너무 딱딱해요."
"이미지에 딱 맞는다고 생각했는데, 딱딱하면 안 되나요? 루펜은 딱딱하잖아요?"

제 평가가 의외였는지, 프로듀서와 담당 편집자께서 깜짝 놀랐습니다. 루펜은 분명히 숨 막힐 듯한 열혈교사지만, 좀 더 상쾌한 느낌이 있었으면 싶습니다. 그래요, 마츠오카 슈조* 씨 같은 느낌!
(*일본의 방송인, 스포츠 해설자.)
제 안에서 테스트한 목소리는 아우브 단켈페르거니까, 조금 수정해 달라고 부탁드렸습니다. 응, 좋네요.

"로데리히의 아버지 연령 같은 건 어떠십니까?"
"문제없습니다. 하얀 탑 건으로 표변한 느낌이 정말 좋네요."

로데리히의 아버지 역은 타케우치 소우 씨입니다. 회상 장면에만 나오지만, 로데리히에게 평범하게 말할 때와 거칠고 난폭한 느낌으로 달라진 목소리의 갭이 확실합니다. 이 변화가 있기에 로데리히의 당혹에 공감할 수 있겠죠. 등장은 적지만 중요합니다.

"아, 보통 다무엘이 왔네요."
"카즈키 씨, 좀! (웃음)"

보통 텐션의 다무엘은 부드럽고 친절하며, 영주 일족 호위 기사가 그럭저럭 익숙해진 하급 기사라는 느낌입니다. 미 목소리로 상냥하게 말해 준다면 필린느의 가슴이 두근거릴 만도 하죠. 이건 좋네요. ……솔직히 다무엘도 마티아스도 상냥한 느낌의 기사인데, 우메하라 씨가 내는 목소리는 전혀 다르네요. 그러면서도 둘 다 멋있다니, 정말 대단합니다.

목소리 이미지에 대한 의견 제시가 끝났으면 수정점과 주의점에 대해 확인합니다.

"한넬로'레'가 한넬로'네'로 들리는 부분은 없었나요?"

"×페이지에 로제마인 대사 말인데요, 원작과 달리 소리내 말하는 대사니까 '신관장'을 '페르디난드 님'으로 고쳐 주세요."

"구 베로니카 파벌 아이가 빌프리트 목소리처럼 들립니다. 다른 목소리로 부탁드릴게요."

"△페이지 로데리히 대사 말인데, '언제든 좋으니까'를 '언제든 상관없으니까'로 수정해 주세요. 그리고 '아버지'를 '아버님'으로 수정 부탁드리겠습니다."

수정할 점과 주의점을 말하는 사람은 저 하나만이 아닙니다. 프로듀서님에 담당 편집자님도 말합니다. 줄줄이 나오는 것들을 음향 감독님이 체크해서 부스로 이동하고, 성우분들께 전달합니다.

테스트가 끝났으면 본편을 녹음합니다. 일단 녹음한 뒤에 노이즈나 신경 쓰이는 점들을 세세하게 수정해 가는 느낌은 1장과 마찬가지. 척척 진행합니다.

이 2장에는 하르트무트와 코르넬리우스의 대화가 있는데, 아주 소꿉친구 같은 느낌이라고 할까 익숙한 분위기의 대화가 정말 좋네요. 그리고 개인적으로는 호위 기사가 아니라 연인 모드가 됐을 때 코르넬리우스한테 두근, 했습니다. 이거, 목소리만 가지고 반하는 사람도 있지 않을까요? 저는 '어라? 코르넬리우스가 이렇게 멋있었나?' 상태가 돼 버렸습니다. 야마시타 씨 목소리의 마법, 정말 대단하네요.

우치다 씨의 하르트무트는 아주 하르트무트였습니다.

"으아, 하르트무트 정말 기분 나쁘네요(칭찬하는 말)."

"로제마인을 내려다보면서 도취해 있는 모습이 눈에 선하네요(최고의 칭찬)."

뭐랄까, 그 이상 칭찬할 말이 없습니다. 하르트무트 팬은 그런 기분 나쁜 점까지도 사랑해 주실 거라고 생각합니다. 오히려 기분 나쁜 느낌이 완전히 사라지면 '이건 하르트무트가 아니야!'라고 화를 낼 것 같은데 말이죠. 하루트무트는 기분 나쁜 느낌이 중요하죠.

회상 장면은 엔도 씨가 성인 남성이라 8살 로데리히를 어떻게 될지 걱정했었지만, 확실하게 어린 목소리로 나와서 다행이었고, 타케우치 씨가 연기하는 로데리히 아버지의 부조리한 느낌도 아주 좋았습니다.

"선생님, 신경 쓰이는 부분은 없으신가요?"

"그러니까, 군중 소리 녹음할 때 말인데요, 대본에 '확 끓어오르는 측근들'이라고 적혀 있잖아요. 원작에서는 리카르다, 유디트, 필린느 세 명만 있는 상황이라 남성 목소리가 들어가지 않도록 신경 써 주세요."

프로듀서와 담당 편집자분이 다른 페이지에도 '측근들' 지정이 없는지 확인하는 중에, 음향 감독님이 "다른 건 없나요?"라고 물으셨습니다.

"더 있습니다. 그러니까…… 꽤 중요한 건데요."

저는 대본을 팔락팔락 넘겨서 표시해 둔 부분을 손가락으로 딱 가리켰습니다.

"×페이지! 코르넬리우스가 하르트무트한테 질려 버리는 정도가 너무 부족해요. 테스트 했을 때 정도로 질렸으면 싶어요!"

"예. 그럼 테스트 때 느낌으로."

멋있는 코르넬리우스와 하르트무트한테 완전히 질려 버리는 코르넬리우스 양쪽을 맛볼 수 있습니다. 얼마나 질리는지 기대하세요. (웃음)

"수고하셨습니다. 잠깐 쉬었다 가겠습니다."

2장 녹음이 끝나고 음향 감독님 지시로 15분 정도 쉬었습니다. 이 시간에 성우분들은 가벼운 식사를 하거나 화장실에 가고, 오후에 빨리 끝내고 다음 스튜디오로 가야 하는 분은 사인을 하고, 각자 숨을 돌리는 시간을 가졌습니다.

저는 콘트롤 룸에서 과자를 아작아작. 스즈카 씨가 무슨 클리어 파일을 꺼내셨습니다.

"카즈키 씨, 이거 좀 확인해 주실 수 있을까요?"

"아. 코믹스 표지!"

스즈카 씨의 말을 듣고 두근두근 신이 나서 만화 제2부 1권의 표지 일러스트를 확인했습니다.

"좋네요. 어라 그런데 이거, 책이 독서대 밖으로 튀어나왔네요. 마인은 책이 무거워서 못 드는데요?"

"아……. 설정대로 가면 마인 얼굴 절반이 가려져 버리거든요."

"그건 안 되죠."

아무래도 표지에서 주인공 얼굴이 안 보이는 건 곤란하죠. 리얼하게 표현하지 못하는 사정은 여러 가지가 있습니다. 리피트 애프터 미! 표지는 이미지!

휴식시간이 끝나면 3장 테스트부터 시작합니다.

"트라우고트 목소리는 어떠세요?"
"자신이 없어진 느낌이 좋네요."

트라우고트 역할은 우치다 유마 씨. 하르트무트와 같은 사람이라는 걸 믿을 수가 없습니다. 콧대가 꺾인 트라우고트와 성녀를 찬미하는 하르트무트를 둘 다 연기하다니. 성우분은 다들 정말 대단하시네요.

기사 견습 역할은 오카이 카츠노리 씨입니다. 마수를 퇴치하는 중에 등장하는 보조 연기자 기사입니다. 3장쯤 되면 대부분의 캐릭터가 나왔기 때문에 새 캐릭터는 거의 없습니다.

"그러니까, 그 부분을 '막으면'이라고 읽고 계시잖아요? '막는다면'으로 해 주세요."
"△페이지 말인데요, '어디 가시나요?'를 '어디로 가시는지요?'로 수정 부탁드립니다."

몇 가지 수정 의뢰를 한 뒤에 테스트를 마치고 본 녹음으로. 여기서 로데리히 역의 엔도 씨가 '원했던 탓에'의 액센트를 제대로 말하지 못해 숙제로 달아 두었습니다. 나중에 남아서 녹음하기로 하고, 일단 쭉쭉 진행합니다.

3장이 끝난 뒤에 보호자 3인조가 합류. 이 시점에서 시간이 꽤 지났습니다. 바로 다음 스튜디오로 이동해야 하는 분이 계시기 때문에 먼저 사진 촬영부터. 베테랑 세 분과 다른 성우분들이 인사를 나누는 중에 스태프분들이 부스 안에 의자를 가져다 놓는 등 준비를 진행했습니다. 저희는 방해되지 않도록 콘트롤 룸에서 가만히 보고 있기만 했습니다.

"카즈키 씨는 같이 안 찍으셔도 되나요?"
"저는 사진 실리면 안 되거든요."

단체 사진은 한넬로레 역 모로보시 스미레 씨를 뺀 모두가 찍었습니다. 한넬로레는 여기서도 타이밍이 안 맞았나 보네요. (웃음)

사진 촬영이 끝난 뒤, 에필로그를 먼저 할지 보호자 3인조 장면을 먼저 할지, 스태프분들이 의논했습니다.

"시간이 아슬아슬한 분이 몇 분 계시니까 에필로그를 먼저 하면 안 될까요?"
"음~ 베테랑분들도 시간이 없으니 말이죠. 이쪽부터."

어떻게 녹음할지는 음향 감독님이 정합니다. 문답할 시간도 아까우니 프롤로그부터 보호자 3인조 장면을 차례로 녹음하기로 했습니다.

페르디난드 역은 하야미 쇼 씨입니다.

"저는 애니메이션 더빙에서 목소리를 들었으니까, 딱히 의견은 없습니다."
"전 이 목소리한테 혼나면 울어 버릴 거예요. 가볍게 넘기는 로제마인의 정신이 너무 강한 것 아닌가요?"

스즈카 씨의 평가를 듣고 웃었지만, 몇 번을 들어도 다리에 힘이 풀리는 느낌이 드는 깊이 있는 목소리입니다. 페르디난드가 애니메이션 초반엔 출연이 거의 없었는데, 대사가 조금만 나와도 인상이 크게 남는 하야미 씨의 목소리는 정말 대단하다고 생각합니다.

질베스타 역은 이노우에 카즈히코 씨입니다. 영주라는 역할 때문인지 위엄이 과도한 목소리가 돼 버렸습니다.

"질베스타는 좀 더 젊은 느낌이 좋지 않을까?"
"젊다기보다는 껄렁한 느낌이겠죠?"
"영주긴 해도, 질베스타한테 그렇게까지 위엄이 있지는 않으니까요. 나이를 조금만 낮추는 느낌으로 부탁드리겠습니다."

칼스테드 역은 모리카와 토시유키 씨. 저는 상냥한 느낌의 목소리로 연기하는 역할밖에 들어본 적이 없어서 어떤 칼스테드가 될까 궁금했는데, 칼스테드가 진짜로 칼스테드였습니다.

"우와, 완전히 기사단장이네요! 대단해! 멋있다! 강해 보여!"
"다른 두 분이랑 잘 어울리는 점도 좋네요. ……그런데, 이 보호자 3인조는 위압감이랄까 존재감이 정말 대단하네요. 이 사이에서 연기하는 이구치 씨는 힘들지 않을까요?"
"그런데 로제마인이 이 보호자 3인조를 휘둘러 대잖아요? 상상만 해도 재미있지 않으세요?"

귀족원에서 온 목패를 보호자 3인조에게 운반하는 측근 역할은 오카이 카츠노리 씨. 그 보고서를 보면서 머리를 쥐어뜯는 보호자 3인조.

"배웅 같은 밖에서 하는 대화랑, 집무실에서 셋이서만 이야기하는 상황에서, 공사를 구분해 주세요. 그러니까, 집무실 안에서는 오랜 친구라는 느낌이라고 할까, 서로 친한 분위기가 좋겠어요."

그 얘기만 듣고서 바로 해내는 게 정말 대단합니다. 역시나 베테랑분들.

그런 베테랑분들께도 긴 외국어 이름은 난이도가 높았던 것 같습니다. 잘못 발음해서 "아……"가 돼 버렸고. 그리고 "이름 바치기. 이름 바, 치……. 하아, 이거 분명히 틀리겠는데." 라고 대기실에서 투덜대셨다는 보고가 들어와 있습니다(웃음).

하지만 테스트를 하고 한자 읽는 방법과 악센트만 아주 조금 지적해드렸을 뿐이고, 감정을 싣는 방법이나 표현에 관한 지적이나 수정은 거의 없이, 녹음이 척척 진행돼서 끝났습니다.

합류해서 약 30분. 보호자 3인조의 녹음이 끝났습니다. 진짜 빨라요. 끝나자마자 세 분은 바로 다음 현장으로 가셨습니다. 바쁘신 중에 정말 감사합니다.

폭풍처럼 찾아와 폭풍처럼 떠나가는 베테랑분들을 배웅하고, 에필로그 녹음. 주의할 점은 이름을 바치는 자리에 입회하는 하르트무트가 주인공 로데리히를 잡아먹지 않을 것. 이것은 원작에서도 신경 썼던 부분인데, 조금만 방심하면 하르트무트가 튀어나와 버립니다(웃음). 주의했던 덕분인지 큰 문제 없이 끝났습니다.

에필로그가 끝나면 노도와도 같은 이동 러시. 다음 스튜디오로 이동하는 분들이 차례로 스튜디오를 떠납니다.
이 뒤에 군중 소음을 녹음하는데, 꽤 많은 분이 돌아가셨기 때문에 측근들이 모여서 인사하거나 대답하는 부분의 볼륨이 좀 부족했습니다. 이걸 어떻게 하나 싶었는데, 같은 장면을 두세 번 녹음하고 겹쳐서 많은 사람이 있는 것처럼 만든다는 것 같습니다. 음향 스태프분들이 실력을 발휘하시겠네요.

"예, 종료. 수고하셨습니다."

음향 감독님이 '종료'라고 말했을 때, 로데리히 역 엔도 씨가 쭈뼛쭈뼛 손을 들었습니다.

"저기, 숙제라고 뒤로 미뤘던 부분은요……?"
"아! 그게 있었지."

음향 감독님! (웃음)
또 잊어버린 건 없는지, 프로듀서와 담당 편집자님이 대본을 살펴보기 시작했습니다.
로데리히의 숙제 녹음은 금세 끝났고, 이제 정말로 끝났나 싶었더니 타케우치 소우 씨가 손을 들었습니다.

"타니스베팔렌 목소리는 녹음 안 하나요?"
"잔체도……."

그렇습니다. 타케우치 소우 씨는 타니스베팔렌 역이고, 엔도 씨가 잔체 역입니다. 캐스팅 표를 봤을 때는 깜짝 놀랐습니다. 성우분은 동물 소리도 내는 건가, 하고.

"음……. 선생님, 타니스베팔렌이랑 잔체는 어떤 느낌일까요?"
"타니스베팔렌은 개나 늑대 계열이었죠. 잔체는 고양이 느낌?"
"맞아요. 타니스베팔렌이 사람 두세 배 크기의 늑대 같은 마수고, 잔체는 어른 무릎 정도 크기의 큰 고양이 같은 마수입니다."

스즈카씨 말에 제가 추가 설명을 했더니, 음향 감독님이 잠깐 생각에 잠겼습니다.

"마수는 SE로 처리할까요. 수고하셨습니다."
"알겠습니다. 수고하셨습니다."

엔도 씨와 타케우치 씨는 납득했지만 저는 마음속으로 "Nooo!"라고 절규했습니다. 솔직히 타니스베팔렌을 맡은 타케우치 씨가 어떤 느낌으로 포효하실지 엄청 기대했었는데! 그걸 SE로 처리하다니……. 너무해요.

그런 흐름으로 SE 처리에 대해 믹서분과 이야기하던 음향 감독님이 갑자기 뭔가 생각났다는 것처럼 질문했습니다.

"그러고 보니 선생님. 올도난츠는 어떤 건가요? 하얀 새에, 마티아스가 타고 온다는 걸 보면 꽤 크겠죠?"

……예? 마티아스가 타고 와요?

"왜, 효과음이 말이죠. 어느 정도로 푸득! 해야 하는지……."

두 팔을 벌리고 푸득! 하고 날갯짓을 표현하는 음향 감독님을 본 순간, 제 머릿속에는 하얗고 거대한 새를 타고 날아오는 진지한 표정을 한 마티아스의 모습이 떠올랐습니다. 너무 황당한 모습에 저도 모르게 웃음이 나왔지만, 그건 아니죠.

"아니에요, 그거, 올도난츠와 마수가 섞였어요. 올도난츠는 소리를 녹음해서 날리는 마술 도구고, 손바닥 크기의 하얀 새예요."
"으아, 물어보길 잘 했네. 올도난츠 효과음이 퍼더덕!이 돼 버릴 뻔했어요."
"다행이네요. 저도 퍼더덕! 이라고 생각했었는데."
아무래도 믹서 분들도 마수와 섞인 느낌으로 생각하고 계셨던 것 같습니다. 퍼더덕! 하고 손을 움직이면서 음향 감독님께 동의하며, 거창하게 안도하고 있습니다.

저와 스즈카 씨는 거대 올도난츠를 타고 날아오는 귀족들의 모습을 보며 크게 웃었습니다. 솔직히, 거대 올도난츠를 타고서 '로제마인의 상태는 어떠냐?!'라고 말하며, 하루에 몇 번이나 페르디난드에게 퍼더덕! 하고 날아오는 보니파티우스 할아버지의 모습을 떠올려 보세요. 웃기잖아요?

"아, 선생님. 마수는 퍼더덕! 이면 될까요?"
"퍼더덕! 으로 부탁드리겠습니다."

효과음에도 주목해 주세요.
드라마 CD 제3탄 완성이 기대됩니다.

※이 리포트는 2019년 6월 10일에 발매된 「드라마 CD 3」 공식 홈페이지에 게재된 내용을 가필 수정한 것입니다. 작중 날짜와 내용은 당시의 것입니다.

책벌레의 하극상 드라마CD 제 3탄 발매 결정!

책벌레의 하극상 드라마CD 제 3탄 녹음 현장 리포트 만화
스즈카

로제마인: 이구치 유카
페르디난드: 하야미 쇼
질베스타: 이노우에 카즈히코
칼스테드: 모리카와 토시유키
빌프리트 / 유디트: 테라사키 유카
샤를로테 / 슈바르츠: 혼도 카에데
코르넬리우스 / 루펜: 야마시타 세이이치로
하르트무트 / 트라우고트: 우치다 유마
다무엘 / 마티아스: 우메하라 유이치로
한넬로레 / 레오노레: 모로보시 스미레
릴린느 / 브륀힐데 / 바이스: 이와미 마나카
리카르다 / 솔랑쥬: 미야자와 키요코
로데리히 / 이그나츠: 엔도 히로유키

※경칭은 생략

스즈카 씨, 드라마CD 녹음 말인데요

갈래요 (곧바로 대답)

그렇게 해서 이번에도 녹음 현장에 참석하게 됐습니다.

편집자

제 3부의 작화 담당 나미노 씨와

각본 담당 쿠니사와 씨는 오시지 못했습니다

아쉽 네요

죄송 해요

신께 기도를!

애니메이션에 맞춰 캐스팅을 일신!

이번에도 엄청나게 호화로운 출연진 입니다!

카즈키 선생님

나

← 오른쪽에서 왼쪽으로 읽어 주세요

리카르다　솔랑쥬　마티아스　나부엘

'이 목소리가 정말로 같은 사람이야?' 라고 생각할 정도로 각 캐릭터의 특징을 잘 살려 주셨습니다

이번 무대는 귀족원 중심이라 배역을 겸하는 분이 많았습니다

유디트　빈프리트

장인의 솜씨다...!

실전에서는 제대로 하는 모습에 매번 감동!

매번 감탄

테스트에서는 익숙하지 않은 책벌레 용어에 고전하셨지만...

로데리히를 받아드리... 들이...

페르디난드 님 페페페...

저가 아는 힝갱 콜록콜록

트라우고트! 괜찮아?!

편역

트라고우... 트라우고트

뭔가

빙글 빙글 펑

'슈팅루크'도 별이랑... 뭔가를 섞어서 만든 말이고요

카즈키 선생님도 평소대로 였습니다

뭔가를

몇 가지 단어를 섞어서 이름을 만들었죠

... 아마도요

네에

그런데 '타니스베팔렌'은 조어죠?

아마도

※이 만화는 2019년 6월 10일에 발매된 「드라마 CD 3」 공식 홈페이지에 게재된 내용을 가필 수정한 것입니다.

처억…!

효과음인 듯한 느낌

↑

모리카와 토시유키 씨

이노우에 카즈히코 씨

하야미 쇼 씨

잠시 쉬었다 추가로 녹음을 합니다

다음은 부분 녹음입니다

보호자 3안조의 아우라가 대단합니다

필살 청부인 …!

30분 만에 뚝딱 끝내고 다음 일을 하러 가셨습니다

수고하셨습니다

펑억

골치가 아프군

향!

마음이 엄청 담겼다

이미 농락당했다

순식간에 서로 친한 세 사람의 분위기를 만드는 게 정말로 놀랍습니다

정말 좋은 느낌으로 연기해 주셔서

다른 캐릭터와 어우러지는 장면이 너무 기대됩니다

임무 완료…

후우

한넬로레는 차분하고 귀여운 느낌

처억

레오노레는 확실히 비서 느낌

…이라고 카즈키 선생님께서 말씀해 주셔서 그걸 바탕으로 조금씩 수정해 나갔습니다

힘내요!

그리고 다른 시간 같은 스튜디오

모로보시 스미레 씨 녹음에 혼자 입회를 했습니다

안절 부절

← 오른쪽에서 왼쪽으로 읽어 주세요

카즈키 미야 선생님 Q&A

2019/7/15 ~ 7/22 동안 '소설가가 되자'의 활동 보고에서 모집한 독자님들의 질문에 답하는 코너입니다. 제 4부 IX 작업과 동시 진행으로 답변하다 보니, 서적판 범위가 어디까지인지 혼란스러웠습니다.

카즈키 미야

Q 마인이 세례식에서 쓰러졌을 때 데려갔던 방은 어디인가요?

A 귀족 구역 안에서도 하급 귀족이 사용하는 남쪽 빈방입니다. 팬북 1 또는 만화 제2부 평면도에서는 「귀족 구역 제일 남쪽에 있는 방들 중에, 개방형 천장 쪽 서쪽에서 두 번째」입니다.

Q 제2부 I 마지막에서 마인이 신관장의 이름을 처음으로 알았다는 것처럼 나오는데, 정말인가요? 신관장의 시종들은 '신관장'이라고만 부르나요?

A 그렇습니다. 페르디난드가 신관장이 되기 전에는 이름으로 불렀지만, 그 뒤에는 '신관장'입니다. 전 신전장 베제반스도 신전 안에서는 '신전장'이라고만 불렀습니다. 아마도 마인은 끝까지 베제반스의 이름을 알 기회가 없었겠죠. 직책이 없는 청색 신관 에그몬트는 '에그몬트 님'입니다.

Q 제2부 I에서 페르디난드가 마인에게 빌려준 손수건에 이름이 수 놓여 있었는데, 페르디난드가 직접 수를 놓은 건가요? 아니라면 누가 해 준 걸까요?

A 신전에서 세탁한다든지 할 때 다른 사람 물건과 바뀌지 않도록 가문 문장이나 이름을 수놓습니다. 자수 자체는 주문하면 재봉사가 해 줍니다. 페르디난드는 수를 안 놓습니다.

Q 제2부 II에서 자기 몸을 지키기 위해서라도 교양을 익히라는 말을 듣고 신관장이 페슈필 과제로 악보를 줬는데, 처음 봤을 때 딱히 의문이나 감상이 나오지 않았습니다. 이쪽도 악보는 같은 형식인 걸까요?

A 많이 다릅니다. 하지만 글자나 문화가 다른 시점에서 악보가 다른 정도는 당연한 일이겠죠? 피아노와 전통 악기 악보가 다른 것처럼, 에렌페스트에서 처음 본 악보가 의미불명이라고 해도 놀랄 일은 아니라고 생각합니다. 특히 마인의 경우에는 책을 못 읽는다고 탄식하기는 해도 악보를 못 본다고 그러진 않으니까……. 그러지 못해서 배우는 묘사는 있습니다.

Q 토론베 토벌 때 마인이 기수 중에 '날개 달린 토끼'를 보고서 스밀을 좋아하는 여성 기사도 있는 모양이라고 생각하는데, 특별한 언급이 없는 걸 보면 남녀를 구분하지 못한 걸까요? 전신 갑옷의 의장은 전부 똑같이 맞추는 건가요.

A 가슴이 크다면 알아차렸을지도 모릅니다. 전신 갑옷의 의장은 기사 코스에서 배울 때 똑같이 맞춥니다.

Q 제3부 I의 성결식에 결혼도 할 수 없는 신관인 페르디난드가 얼쩡거리는 이유는 뭔가요?

A 정보 수집과 악의를 피하기 위해서입니다. 베로니카의 실각과 로제마인의 양자 연결을 귀족들이 어떻게 생각하는지를 확인하고 베로니카가 가장 싫어했던 자신이 그 공간 안에서 당당히 돌아다니는 것을 통해서 귀족들이 로제마인이나 질베스타에 대한 불

만보다 자신에 대한 험담을 하도록 유도했습니다.

Q '자중해야지'라는 로제마인의 대사가 있는데, 우라노 시절에도 마인일 때에도 자중이라고는 한 적이 없는 것 같습니다만, 마인에게 그런 게 있기는 한가요? 있다면 언제 어느 시점에서 자중을 챙겼는지 가르쳐 주세요.

A 다른 사람이 보기에는 자중이라는 게 없는 것처럼 보여도, 본인 나름대로는 하고 있었겠죠. 하지만 제3부 I에서 '이젠 조심도 자중도 안 해. 초상권 따위 존재하지 않는 이 세계에서 배려 따위는 전부 내다 버릴 거야'라면서 던져 버렸습니다.

Q 로제마인이 발표회에서 연주했던 '불의 신 라이덴샤프트에게 바치는 노래'에 대해, 이 제목이 붙은 것은 곡조 때문인가요? '사랑과 용기의 노래'의 가사처럼 '어떤 곡인가?'라고 물은 효과일까요? 질문을 받았을 때, 마인은 어떻게 대답했을까요?

A '어떤 곡인가?'라고 물은 결과겠죠. '싸워서 강해진다……. 반드시 이긴다든지? 최강을 목표로 한다든지? 그런 느낌의 뜨거운 곡입니다'라고 대답했더니 라이덴샤프트에게 바치게 됐습니다.

Q 평민 마을을 씻어낼 때 로제마인은 흥분해서 페르디난드를 마구 칭찬했는데요, 주위에서는 반응이 너무 약했습니다. 너무 놀라서 그랬는지 일하느라 바빠서 그랬는지, 아니면 너무 익숙한 탓이려나요? (보통 귀족이 생각하는 상식과 비상식의 경계가 어디쯤인지 생각해 봤습니다)

A 놀라서겠죠. 갑자기 '바센으로 마을을 씻어내면……' 같은 바보 같은 소리를 꺼낸 로제마인도 그걸 실행하는 페르디난드도 황당할 따름이니까요. 한편으로 엔트비켈른 직후니까 '이건 영주 후보생 코스를 이수한 성인 영주 일족이라면 할 수 있는 일인지도 모른다'라고도 생각하고 있습니다. 뭐가 맞는 것인지 모르니까 조용히 있을 뿐이죠. 두 사람이 얼마나 규격을 벗어났는지 잘 알고 있는 칼스테드는 '이젠 아무 말도 안 하련. 너희 맘대로 하라'라는 심정으로 먼 곳만 쳐다봤습니다.

Q 램프레히트의 별 축제에 있던, 로제마인 시점에서는 아우렐리아의 어머니로 보이는 인물은 누구인가요? 아우렐리아 시점에서 어머니는 이미 돌아가셨다고 했는데요.

A 아우렐리아 아버지의 제1 부인입니다.

Q 주문한 적도 없는데 투리가 도서위원 완장을 준비해 줬는데요. 마인이 '친구한테 줄 것'이라고 해서 친구한테 주려면 더 필요하겠지! 라고 만들어 준 걸까요?

A 그렇습니다. 투리는 친구가 많아서 '이것밖에 없으면 모자라겠지'라고 생각했습니다.

Q 로제마인이 주위 사람들을 여러 사물에 빗대서 생각하는데, 샤를로테는 뭐가 될까요?

A 뭘까요? 귀엽고, 소중하고, 보고 있으면 힘내자는 생각이 드는 존재……. 정장을 입었을 때 사용하는 예쁜 장식품이려나요? 그걸 몸에 달기 위해서는 자신도 거기에 어울리는 행동을 해야 하고 그걸 갖기 위해서는 노력이 필요하다는 점이 로제마인에게 있어 샤를로테 같은 느낌입니다.

Q 2학년이 돼도 모든 시험을 제패할 때까지는 도서관 금지인가요?

1학년 때는 빌프리트가 말을 꺼낸 것 때문에 다들 말려들어서 큰일이었고, 그렇게 안 해도 성적 향상 위원회가 생겼으니까 도서관 금지는 없을 거라고 생각했는데 말이죠.

2학년은 학생 전원이 조건은 아닙니다. 그리고 로제마인 한 사람이 강의가 끝날 때까지 도서관 금지가 된 건, 1학년 때와 마찬가지입니다. 영주 후보생은 혼자서 도서관에 갈 수 없고, 도서관 출입을 허가하면 공부를 소홀히 하게 된다는 보호자와 측근의 의견엔 납득하고 있습니다.

Q 비밀 방에서 페르디난드와 성전의 마법진에 대해 이야기하던 때, 만약 로제마인이 '왕이 되기를 바란다'고 했다면 페르디난드는 어떻게 할 생각이었을까요?
A 페르디난드 자신이 적대하지 않아도 할 수 있는 일들은 얼마든지 있으니까, 로제마인은 봉납식이 끝날 무렵에 아득히 높은 곳으로 가는 계단을 올라갔을 것 같습니다.

Q 제4부 Ⅶ 다과회 대책에서 로제마인이 샤를로테, 한넬로레와 연애 이야기를 했던 때, 샤를로테가 말했던 '져도 포기하지 않는 기사 견습' 이야기의 모델은 누구인가요?
A 하이스히체입니다.

Q 정자에서의 밀회에서 나온, 어둠의 신이 망토를 펼쳐서 빛의 여신을 감싸 숨겼다, 라는 표현에는 어떤 의미가 있는 걸까요? 평범하게 안았다든지 곁으로 끌어당겼다는 의미인가요?
A 그때의 상황과 들은 사람의 성 지식에 따라 의미가 달라집니다.

Q 제4부 Ⅶ '디터 승부'에서 디터 개막 때 한넬로레가 페르디난드에게 날린 공격은 물리 공격이었던 것 같은데, 뭘 던졌던 걸까요? 그리고 손으로 던진 건가요, 뭔가 도구를 이용한 건가요?
A 로제마인한테는 안 보였지만, 유디트가 사용한 적이 있는 멀리 던지는 데 사용하는 슬링으로 마술 도구를 던졌습니다.

Q 영지 대항전의 타니스베팔렌 습격 때, 로제마인과 페르디난드 사이에 마력 반발이 없었던 것에 대해 주위 사람들은 이상하게 여기지 않았을까요?
A 마력 반발은 마력을 흘려 보내는 페르디난드만 느끼는 것이지 주위 사람들이 느끼지는 않습니다. 로제마인으로서는 검은 시궁창 같은 것을 마력으로 씻어낸 것 같은 느낌입니다. 보기 드문 마수라서 다른 사람들은 이런 정화가 굳이 필요한가? 라고 생각하기는 해도, 치유 행동 자체에는 의문을 품지 않습니다.

Q 베르케슈토크 기숙사의 전이진 흔적을 찾아내기 위해 필요한 것은 영주 후보생 코스 수강인가요, 아니면 이용자나 은폐자보다 높은 마력인가요?
A 영주 후보생 코스 이수와 세세한 차이를 알아차리는 주의력이 필요합니다. 군돌프의 보고가 있었기에 아나스타지우스 일행은 확인하던 도중 알아차렸고, 그렇지 않았다면 알아차리지 못했을 가능성이 큽니다.

Q 구 베르케슈토크의 전이진을 사용한 흔적이 발견됐는데, 베르케슈토크의 주추는 여전히 잃어버린 상태인가요? 정변 이전에 전 아우브 베르케슈토크한테서 허가 마석을 받은 자들의 소행일까요? 새롭게 주추를 물들이는 사람이 나타났다는 뜻일까요? 어쩌

면 '사용했다'라는 것 말고는 아무것도 모르는 건가요?
A 주추의 위치는 여전히 잃어버린 상태입니다. 중앙 기사단이 조사해 알아낸 것은 허가 마석을 손에 넣은 자들의 짓이라는 것. 전 아우브에게 직접 허가 마석을 받은 것인지, 아니면 여러 사람의 손을 거쳐 테러리스트가 손에 넣은 것인지는 불명입니다.

Q 제4부 Ⅶ의 역사서 현대어 번역은 우리가 흔히 보는 고전이나 한문(특유의 비유나 법칙을 모르면 바로 이해할 수 없는)의 현대어 번역 같은 이미지인가요. 아니면 일본어의 기반이 됐다고도 하는 중국어를 일본어로 옮기는 수준의 난이도일까요?
A 연대에 따라 다릅니다. 단켈페르거는 유르겐슈미트에서 가장 오래된 영지 중 하나이기에, 그 경우에는 7~8세기 글자로 쓴 원문을 현대어로 옮기는 수준이라고 생각하면 됩니다.

Q 로제마인이 번역한 역사서를 호의적으로 받아들였는데, 단켈페르거 영주 일족이 번역한 것과 차이가 있는 걸까요?
A 공부 삼아 원문으로 읽어! 라고 하는 지역 특성상, 읽기 쉬운 현대어 번역이라 환영받았습니다.

Q 평균 신장 말입니다만, 영지나 신분(식사량?) 등에 따라 편차가 있을까요?
A 영지간 차이는 거의 없지만, 귀족과 평민은 7~8센티미터 정도 차이가 납니다. 평균적으로 귀족이 평민보다 평균 신장이 큽니다. 평민 중에서는 키가 큰 권터나 벤노가 귀족 평균 정도입니다.

Q 제2부에서 투리와 마인이 인형을 만들었는데, 투리가 만든 흰 곰 같은 동물이 실제로 있나요?
A 투리가 만드는 인형을 보고 마인이 곰 같다고 생각했을 뿐입니다. 실제 생김새는 전혀 달랐을 가능성도 있습니다.

Q 술에 연령 제한이 있나요?
A 딱히 그런 건 없습니다.

Q 푸고의 전 연인은 지금 무슨 생각을 하고 있을까요?
A 딱히 아무 생각도 없습니다. 푸고는 지금까지 사귀었던 여러 사람 중 하나일 뿐이고, 자세히 얘기하지 않으면 생각도 안 날 과거의 남자입니다. 자신의 조건과 맞는 사람과 재빨리 결혼해서 평범하게 살고 있습니다.

Q 구텐베르크나 전속은 전부 글을 읽을 줄 아나요?
A 전부는 아닙니다. 대장장이 공방의 요한과 자크는 설계도를 읽는 데 필요한 단어 정도만 외웠고, 하이디는 소재 이름 말고는 관심도 없습니다.

Q 금속 활자 인쇄에서는 한 줄의 글자 수와 한 페이지의 줄 수가 정해져 있는 걸로 아는데, 엘비라 같은 작가들은 거기에 맞춰 원고를 집필하기 위해 뭔가 양식 같은 것(200자 원고지 같은)을 사용하고 있을까요? 아니면 그냥 마음대로 쓴 뒤에 인쇄 공방에서 편집하는 건가요?
A 현재로서는 인쇄 공방에서 편집하고 있습니다.

Q 에파가 일하는 호이스 공방의 경영자는 에파와 가까운 친척인가요? 영주 가문에 납품할 정도로 질 좋은 고급 흰색 천을 바로 골

라서 집으로 가지고 온 걸 보고 깜짝 놀랐습니다. 당연히 허가는 받았겠지만, 직인의 몇 년 치 수입? 정도 가격일 것 같은 물건을 가지고 가도록 허락해 준 걸 보면 상당히 가까운 친척이 아닌가 싶습니다만, 사실은 어떤가요?

A 기본적으로 친척 등등 관계가 깊은 사람들을 소개하니까 직인 공방은 가족 경영 같은 측면이 강합니다. 그리고 당연히 허가를 받았습니다. 하지만 직물을 만드는 사람은 고급 실을 집으로 가져가는 경우도 있고, 투리와 에파가 머리 장식을 만들기 위한 고급 실을 마인이 가지고 가는 걸 보고 놀란 사람도 없었던 것으로 보아 크게 놀랄 일은 아니라고 봅니다.

Q 에파가 르네상스로 선발되면서 권터 일가의 생활 수준이 주위 사람들 중에서도 상당히 높은 편이라고 할 수 있는 수준까지 올라갔을까요?

A 그 정도면 집을 옮기는 게 좋을 정도까지 올라갔습니다.

Q 루츠네 집이 닭을 키워서 물물교환으로 달걀을 입수했던 걸로 기억하는데, 현대의 양계장 같은 규모는 아닐 테고, 어떤 느낌일까요? 냄새 문제는 없을까요? 예전의 평민 마을 시절이라면야 냄새가 나도 문제없었겠지만 지금은 무리가 아닐까요? 실질적으로 칼라 혼자서 관리하는 것도 힘들 테니, 역시 다른 곳으로 옮겼나요?

A 여전히 다락방에 있습니다. 그리고 닭을 키우는 건 루츠네 집만이 아닙니다. 돼지를 치는 집도 있고, 그것들을 처리하는 푸줏간도 있습니다. 악취라고 할까, 생활하면서 나는 냄새는 남겠죠. 짐 승의 분뇨가 없다고 해도, 생활 양식 자체가 현대 일본과 다릅니다. 그리고 실질적으로 칼라 혼자, 라고 하셨는데 랄프도 잊지 말아 주세요. 그리고 또 있습니다. 랄프가 결혼할 나이가 되면 아들 중 누군가가 부모님과 살겠다고 할 겁니다.

Q 마력이 있는 귀족은 죽으면 마석이 되는데, 마력이 없는 평민은 죽으면 유체가 그대로 남는 걸까요? 예를 들어서 리제 씨의 마석은 어떻게 보관되고 있나요?

A 귀족도 전투 등의 특수한 죽음이 아닌 한, 일정 기간 유체가 남습니다. 유체에서 마석을 적출하는 의식이 귀족의 장례식이고, 생명의 검을 다루는 청색 신관의 역할입니다. 그래서 적출하지 않으면 마석은 남지 않습니다. 리제의 마석은 게두르리히의 태내로 돌아갔습니다.

Q 신전에서 마력이 다소나마 있었던 아이나 청색 신관이 죽었을 때 남는 마석은 가족이 거두나요, 아니면 신전에서 사용하나요?

A 청색 신관의 마석은 가족이 거둬 갑니다. 가족이 거부했을 경우에는 신전 소유가 됩니다.

Q 귀족이 죽으면 마석이 된다고 하는데, 평민도 그러나요? 귀족과 평민이 다르다면, 마인은 어떻게 될까요?

A 평민도 마력이 전혀 없는 건 아니지만, 너무 적어서 마석이 형성되질 않습니다. 마인은 귀족 중에서도 마력이 많은 쪽이니 비교적 크고 압축된 마력이 담긴 마석이 됩니다.

Q 청색 신관 중에는 회색 무녀와의 사이에서 낳은 자식을 몰래 시종으로 삼는 경우도 있으려나요?

A 극히 드물기는 해도 아예 없는 건 아닙니다.

Q 청색 신관에서 귀족으로 돌아간 사람은 발표회 같은 걸 하나요? 가족들끼리만 하는지 안 하는지, 겨울 발표회에는 나가는지, 그리고 성인이 되기 전에는 어디서 다른 아이들과 합류하는지 궁금합니다.

A 새로운 귀족으로 큰 홀에서 세례식을 치를 나이의 아이들과 함께 발표회를 합니다. 가문을 밝히지 않으면 귀찮은 일이 벌어질 가능성도 크고, 귀족답게 행동하는 모습을 선보일 필요도 있으니까요.

Q 귀족으로서 세례를 받지 못한 청색 신관과 청색 무녀, 신분에 걸맞은 마력이 없어서 하인이 된 귀족 출신 인물 등은 평민 신분이 되는 걸까요? 세례식이나 메달 보관은 어떻게 되나요?

A 신분은 귀족인 경우도 평민인 경우도 있습니다. 청색 신관이나 청색 무녀는 수확제 등에서 영지에서 받아 오는 수입이 있고, 신전에 대한 보조금 문제도 있기에 신전에 들어가기 전에 세례식을 하고 가문과의 관계를 밝힙니다. 그때 세례식에서 마력을 자는 마술 도구를 빛나게 하면 귀족이 되고, 그 가문의 격에 맞는 마력이 없는 경우에는 평민으로 취급합니다. 나중에 귀족 사회로 돌아갈 가능성이 있는 사람은 반드시 세례식을 치르지만, 그렇지 않은 경우 하인이 되는 귀족 혈연자 중에는 세례식을 치르지 않아서 호적이 없는 사람도 있습니다.

Q 하급 귀족이 마력을 더 잃거나, 태어나면서부터 마력이 전혀 없는 경우에는 「평민」이 돼 버리기도 하나요? 귀족 집안에 태어나도 마력이 없어서 집안의 마술 도구를 사용하는 하인 일조차 못 하는 경우나, 돈이 없어서 신전에서 청색 신관, 무녀도 못 하는 경우에는요?

A 마력이 없는 사람은 귀족이 될 수 없습니다. 평민이 되면 다행이지만, 무적자가 될 가능성도 있습니다. 자기 자식 대부분이 귀족 자격을 갖지 못한 상태가 되면 나중에 그 가문 자체가 망할 가능성도 있습니다. 귀족가에서 기베의 토지로 이주하고, 마력이 부족한 자식을 평민으로서 세례식을 치르게 해서 조금씩 평민과 섞여 가는 것이 가장 원만한 방법입니다. 귀족가에서 계속 살고 싶다면 혈연 중에서 당주에 걸맞은 사람을 양자로 들이는 방법이 있겠죠. 당주가 마력이 사라져 가는 현실을 직시하지 못하고 귀족가에 대한 미련을 버리지 못하면 가문 전체가 망하게 됩니다.

Q 마인이 로제마인이 된 것처럼 비밀리에 개명하는 경우는 있는데 공식적으로 개명하는 것도 가능한가요? 만약 가능하다면 그때는 어떤 절차가 필요할까요?

A 일반적인 개명 절차와 비슷하겠죠? 세례식 전에는 어디에도 등록되지 않았으니까 간단합니다. 귀족원에 들어가기 전이라면 영지 안에 있는 메달의 등록을 변경하면 되니까 영주의 허가만 받으면 됩니다. 어지간한 이유가 아닌 한은 허가해 주지 않겠지만 귀족원에 입학하면 중앙에 등록한 이름을 변경해야 해서 왕의 허가가 필요해지기 때문에 난이도가 더 어려워집니다. 겨우 귀족 한 사람 때문에 왕이 움직인다……. 불가능한 일은 아니지만 허가해 주는 일은 아마도 없겠죠.

Q 신식으로 칼스테드의 양녀가 된 경우와 지금의 차이, 그리고 공식 비공식을 불문하고 귀족원에 신식의 입학 기록이 있을까요?

Ⓐ 칼스테드의 양녀로서 입학하게 되니까 신식으로 기록되지는 않습니다. 프리다가 세례식 전에 어딘가의 귀족과 양자 결연을 맺었다면 귀족원에 입학한 신식이 됐겠지만, 역시 그럴 경우에도 귀족의 양녀로서 입학하게 되니까 기록이 남지 않습니다.

Ⓠ 고아원 전 원장이었던 마르그리트에 대해 질문이 있습니다. 비밀 방을 사용한 걸 보면 귀족 반지를 가지고 있던 것 같은데, 귀족으로서 세례식을 치른 건가요?
Ⓐ 금전적 사정상 귀족으로 키우지 못한데다가 그녀의 아버지에게 몇 가지 목적이 있어서 청색 무녀가 됐지만, 마력은 아슬아슬하게 충족해서 귀족 반지를 가지고 있습니다. 그래서 정변 이후에 청색 신관이나 청색 무녀들이 귀족 사회로 돌아갈 때 본가에서 얘기가 들어왔습니다. 신전에서의 소행이 불량했던 탓에 돌아가지는 못했지만…….

Ⓠ 영주의 제1 부인이 다른 영지 출신 영주 일족인 경우, 어머니의 출신지 영지의 영향을 줄이기 위해서 아이와 만나는 시간을 제한하는 경우도 있을까요?
Ⓐ 아닙니다. 아이는 세례식 때까지 어머니 곁에서 자랍니다. 빌프리트를 빼앗아 간 베로니카가 비상식적인 겁니다.

Ⓠ 작중에 '유모'라는 말이 여러 번 나왔는데, 귀족의 경우에는 '모유'에도 그 사람의 마력이 담겨 있을 텐데 '타인의 모유(유모의 모유)'를 먹여서 키워도 되는 걸까요? '반발이 있을 것 같은데?'라는 의문이 들었습니다. 그런데 '유모'라고 해서 반드시 '모친 대신 모유를 먹여서 키우는 사람'은 아니라는 것도 같습니다. 책벌레 세계에서는 어떤 사람을 '유모'라고 부르는 걸까요?
Ⓐ 세례식을 치르기 전의 아이들에게 붙여 주는 모친이 신뢰하는 교육 담당입니다. 생활 대부분을 함께하는, 또 한 사람의 어머니라고 할 수 있는 존재입니다.

Ⓠ 하르트무트가 로데리히의 마감을 위해 오탈자나 문장에 첨삭을 해 주는 등의 편집자 같은 작업을 했었는데, 로제마인 님이나 엘비라 님 등의 집필자들 중에도 진행, 편집 작업을 하는 사람이 있을까요?
Ⓐ 로제마인이 책을 만들 때는 로제마인 공방 사람들이 확인했습니다. 엘비라 등이 작성한 문장을 확인하는 사람도 당연히 있습니다. 지금 당장은 인쇄 공방 쪽 일입니다.

Ⓠ 전에 로제마인 님이 포스터에도 판권 표시를 했었는데, 그림책이나 이야기책에도 인쇄하고 있을까요? 그리고 그림책이나 인기 있는 이야기책은 반드시 증쇄를 하게 될 텐데 몇 쇄, 몇 판이라고 적혀 있다든지 시리즈 광고나 다음권 예고 같은, 일본의 출판 문화도 퍼트리고 있을까요?
Ⓐ 판권장은 서적 정보의 기본이니까요. 분류를 위해서도 넣고 있습니다. 하지만 선전 같은 건 과연 어떨까요? 종이나 잉크에 상당히 여유가 있어야만 하지 않을까 싶습니다.

Ⓠ 귀족들도 자신의 생일을 정확히 파악하지는 못하는 걸까요? 생일을 축하하는 풍습은 있나요?
Ⓐ 없습니다. 세례식이나 성인식 등 인생의 고비를 맞이한 해의 태어난 계절에 축하해 주는 정도입니다.

Ⓠ 어느 시점에서 열 살이면 귀족원 입학 자격이 생기는 건가요?
Ⓐ 겨울 사교계 초반에 세례식과 겉망토 수여식을 합니다. 봄~가을에 태어난 사람이 같은 학년이 됩니다.

Ⓠ 완전히 처음 만난 귀족에 대해 이야기를 나눠 보기 전에 겉모습 등으로(학교에서 학년마다 배지 색이 다르다든지) 계급을 판단할 수단이 있는 걸까요? 확실한 것이 아니더라도 몸에 걸친 것의 질이나 행동을 판단하나요?
Ⓐ 생김새로는 판단할 수 없습니다. 그렇기에 영지와 계급, 인간관계를 파악하기 전에는 누구에게나 정중하게 대해야 합니다. 예를 들자면 필린느는 하급 귀족이지만, 중급 귀족이 너무 심한 횡포를 부리면 동료 측근 중에 상급 귀족이 나서는 일도 있습니다.

Ⓠ 초대 기베 그레첼이나 칼스테드처럼 영주 후보생에서 제외돼서 평범한 상급 귀족이 된 사례가 있는데, 양자가 되는 쪽이 좋은 영향이 있는 걸까요?
Ⓐ 꼭 좋다고 할 수는 없습니다. 상대에 따라 대우가 달라지고, 양자가 되는 목적에 따라서도 달라집니다. 하지만 결혼을 하건 양자의 연을 맺건 신분을 낮추는 일은 비교적 쉽지만, 신분을 높이는 일은 어렵습니다.

Ⓠ 영주 후보생 코스를 졸업하고 상급으로 내려간 경우, 필연적으로 기베가 되는 건가요?
Ⓐ 아닙니다. 성에서 일하며 영주를 보좌하는 경우가 가장 많습니다.

Ⓠ 귀족원 남자 기숙사에서도 여자들이 들으면 완전히 질려서 조용히 차가운 눈빛으로 페이드 아웃해 버릴 것 같은, 사춘기 남자애들다운 이야기를 한다든지 하려요?
Ⓐ 뭐, 나름대로 이래저래 있겠죠. 그런 나이니까.

Ⓠ 귀족원 교사는 독신이 많은가요?
Ⓐ 그렇습니다. 중앙 귀족 중에서도 이상한 사람들이 모인 탓이려나요. 부모가 시키는 결혼에서 도망치고 싶어서 중앙 귀족이 되는 여성도 있을 정도니까, 독신이 많을 것 같습니다.

Ⓠ 귀족원으로 가는 전이문을 사용할 때, 반드시 아우브가 입회해야 하나요? 귀족원으로 이동할 때 사용하는 마력은 누가 부담하는 걸까요?
Ⓐ 완전히 닫혀 있는 상태의 전이실 문은 아우브만이 열 수 있지만, 일단 열고 나면 그 뒤에는 딱히 입회하지 않아도 됩니다. 학생들이 귀족원으로 이동하는 약 일주일 동안 계속 입회하는 건 정말 힘들겠죠. 하지만 전이할 때 아우브의 허가는 필요해서, 귀족원에 있는 전이진의 방에 배치하는 기사 등에게는 허가 마석을 줍니다. 전이할 때 사용하는 마력은 전이하는 사람이 부담합니다.

Ⓠ 귀족원에 있는 전이진의 방 기사들은 그 일만 교대로 하는 건지, 기사 전체 중에서(예를 들어 일정 기간마다 다른 부대와 교대한다든지) 돌아가면서 하는 건지 궁금합니다. 망토에 대한 서술이 딱히 없는 걸 보면 에렌페스트 소속 같기는 한데, 생활 터전은 어느 쪽에 있는 걸까요?
Ⓐ 기사 전체가 돌아가면서 합니다. 기본적인 생활 터전은 에렌페스트입니다. 전이진을 사용해서 일터인 기숙사로 갑니다.

Q 기사가 싸울 때 무기는 슈타프로 만들 것 같은데, 그럴 때 방패는 마석 같은 걸로 만드나요?
A 전부 슈타프입니다. 기사 코스에서 사용 방법을 배웁니다.

Q 진급식에서 이야기했던 '높으신 분'은 어떤 입장인 사람일까요?
A 귀족원 선생님 중 한 분입니다. 로제마인의 학년은 담당하지 않아서 로제마인은 모릅니다.

Q 귀족원 교직원들 사이에도 영지 순위가 적용되나요?
A 알아서 조심하며 행동하는 사람도 가끔씩 있기는 하지만, 딱히 적용되는 건 아닙니다.

Q 기사 코스에서는 항상 다친 사람이 나올 것 같은데, 기사동 주변에 보건실이 있는 걸까요? 다친 사람이 나왔을 때 의사를 지망하는 문관 견습의 실습 재료가 된다든지, 그런 일도 있을까요?
A 보건실은 아니고 구호실은 있고, 담당 교사와 그 제자의 실습 재료가 되는 사람도 있습니다. 자기 돈으로 회복약과 치유를 충당할 수 없는…… 다무엘 같은 입장의 기사 견습들이 말이죠.

Q 단켈페르거에서 기사로 들어가지 못한 학생이 문관&기사나 시종&기사처럼 두 가지 코스를 수강하지 않는 건 어째서일까요? 마력을 고려해 봐도 상급 귀족이라면 가능할 것 같고, 단켈페르거라면 그러고도 남을 정열이 있을 거라고 생각합니다만.
A 영지에서 허가해 주지 않습니다. 기사가 될 수 있는 사람은 숫자가 정해져 있습니다. 단켈페르거에서는 원래 기사가 되고 싶었지만 선발 시험에 떨어져서 어쩔 수 없이 무관에 가까운 문관이나 시종이 됩니다. 그 사람들이 양쪽 강의를 전부 듣는다면 기사코스 쪽에 더 힘을 쏟을 것은 불을 보듯 뻔합니다. 정열이 안 좋은 방향으로 폭주해서 나중에 귀찮은 일이 벌어지지 않도록, 두가지를 겸하는 일은 용납하지 않습니다. 영지의 특색에 의한 규제죠. 선발 시험에서 떨어진 사람이라도 기숙사에서 기사 견습들과 같이 훈련하는 건 가능합니다.

Q 로제마인이 1학년 때 신입생 환영회 환대 분위기가 신경 쓰입니다. 학생들이 전부 참가했을까요? 구 베로니카 파벌 학생들은 전부 로데리히가 담당했나요?
A 환영회 자리에는 일단 모든 학생들이 모입니다. 상급생이 압도적으로 많기 때문에, 전혀 환대받지 못하는 신입생은 없습니다. 제비뽑기로 담당을 정합니다. 이미 측근이 된 사람은 자기 주인을 담당합니다. 빌프리트는 그 측근이, 로제마인은 코르넬리우스와 안게리카 외에는 아직 자기 측근을 정하지 않았기 때문에, 코르넬리우스와 안게리카의 친척처럼 믿을 수 있는 사람과 측근 희망자가 환대했습니다. 그밖에는 파벌에 따라서 환대해 주는 담당이 달라집니다. 필린느는 중립파, 로데리히는 구 베로니카 파벌, 빌프리트의 측근인 그레고르는 측근 동료들이 환대해 줬습니다.

Q 슈타프가 없으면 이름을 바치는 돌을 준비할 수 없는 것 같은데, 이름을 받는 쪽도 슈타프가 있어야 하나요?
A 세례식을 치렀고 마력을 다룰 수 있다면 이름을 받을 수 있습니다. 슈타프 없이 이름을 받은 전례는 없지만…….

Q 이름을 바칠 때, 마력이 높은 사람이 낮은 사람에게 바칠 수도 있나요?
A 이름을 묶기가 상당히 힘들고 묶이는 쪽이 상당히 괴롭지만, 가능합니다.

Q 졸업식 봉납무에서 영주 후보생 남녀 중에 한쪽이 많고 한쪽이 부족하면 성별이 다른 신의 자리에서 춤추는 경우도 있을까요?
A 다른 성별 입장에서 춤추는 일은 없습니다. 5학년에서 보결 멤버를 데려옵니다.

Q 졸업식 봉납무에는 보결 멤버가 있는 것 같던데, 그 보결 멤버들에게는 발표할 기회가 없는 걸까요? 보결로서 준비했지만 악기 연주에도 선발되지 못한 사람들과 같이 합창하는 건가요?
A 그렇습니다. 보결이니까 발표할 기회는 없습니다. 합창 쪽으로 빠지게 됩니다.

Q 유르겐슈미트에는 반지 외에도 목걸이나 팔찌가 있는데, 이어링이나 피어스 같은 귀 장식도 있을까요?
A 마술 도구라 피어스보다 빼기 쉽고 이어링보다는 잘 떨어지지 않는 이어 커프 쪽이 많기는 하지만, 귀 장식도 존재는 합니다.

Q 유르겐슈미트에서 정장이란 어떤 것일까요? 특히 액세서리가 궁금합니다.
A 일본에서도 결혼식, 캐주얼한 2차 모임, 장례식, 졸업식 등등 자리에 따라 정장이 달라지는 것처럼, 유르겐슈미트에서도 신분, 직업, 장소, 연회의 목적에 따라 정장이 달라집니다. 귀색에 맞춘좋은 옷인지, 귀족원의 검은 옷인지, 망토를 걸치는지 안 하는지…… 다양합니다. 귀족의 상징인 왼손 가운데 손가락의 반지와약혼&기혼 여성의 목걸이는 필수지만, 그밖에는 취향에 따라 달라집니다. 일러스트에는 꼭 필요한 장신구 외에는 굳이 묘사하거나 지정하지 않았으니까, 필연적으로 다른 장식들은 방치되는경우가 대부분입니다.

Q 유르겐슈미트의 여성들은 미성년 때는 머리를 내리고 성인이 되면 머리를 올리는 것 같은데, 짧게 자르는 경우는 없나요? 그리고 너무 길게 자란 머리카락은 어떻게 다듬는지 궁금합니다. 평민이라면 가족들끼리 서로 머리를 잘라 주고, 귀족은 시종이 다듬어 주는 걸까요?
A 어깨보다 위로 올라올 정도로 짧은 경우는 없습니다. 머리 다듬는 방법은 말씀하신 대로입니다.

Q 삽화를 보면 망토 크기가 여러 가지처럼 보이는데, 처음에 수여받은 망토가 안 맞게 된 경우에는 신청하면 새로운 것으로 받을수 있는 걸까요?
A 수여받는 것은 처음뿐이고, 그 뒤에는 본인이 구입해야 합니다.

Q 로데리히가 타니스베팔렌에 대해 설명할 때 '보통 개와 같은 곳에 있는 눈'이라고 했는데, 귀족이 보통 개를 기르기도 하나요? 작중에서 개가 묘사된 건 평민 마을 술집 정도라 궁금합니다.
A 귀족이라고 마수만 기르는 건 아닙니다. 보통 개를 기르는 귀족도 있습니다.

Q 클라리사가 구혼할 때 마력을 흘려 넣어서 강제로(웃음) 마력이

맞는지 여부를 확인했는데, 그 경우에는 마력량을 확인한 걸까요? 아니면 속성 정도까지 대충 알 수 있는 정도일까요?
마력량입니다. 그리고 속성처럼 명확한 것이 아니라 상대가 지닌 마력의 파장이라고 할까 강도라고 할까 색이라고 할까, 마력의 개성이 자신에게 맞는지 아닌지…… 받아들이는 데 저항이 있는지 없는지 정도를 알 수 있는, 그런 느낌입니다.

혼인이 가능한 마력 차이에 관한 것인데, 자신이 100이라면 어느 정도까지가 혼인 가능한 범위일까요?
수치화해 본 적이 없어서 잘 모르겠습니다. 마력을 감지할 수 있는 범위가 혼인 가능한 범위입니다. 대략 70~130?

손을 맞잡거나 체액을 교환해서 마력을 겹칠 수 있다면, 그 방법으로 다른 사람의 마력을 흡수해서 마력을 회복할 수도 있나요?
슈타프를 꺼내고 마력을 모은 손을 서로 맞대면 마력에 직접 접촉할 수 있지만, 그냥 손을 잡는 정도로는 아무 일도 없습니다. ……그건 그렇다 치고, 다른 사람의 마력을 흡수해서 마력을 회복하는 건 어려운 일입니다. 물들지 않으면 이물질로 취급해 버리기 때문에 몸속의 마력량은 늘어나지만 상당히 기분이 나쁠 거라고 생각합니다. 완전하게 물든 부부나 혈연 관계인 부모, 미혼의 자식이라면 가능합니다. 회복약이 없어서 죽는 것보다는 나은 위기 상황이 아닌 이상은 그런 회복 방법은 사용하지 않고, 보통은 약을 사용합니다.

색을 맞춘다는 건 마력량이 맞는지 아닌지 측정할 뿐인지, 아니면 색 맞추기라는 이름대로 속성까지 조사하는 데다, 자식에게 보다 많은 속성을 주고 싶으니까 자신에게 없는 속성이 있으면 더 좋다고 판단하는 건가요?
색 맞추기에서 말하는 마력의 색이란, 마석을 물들였을 때의 속성 균형의 색과는 별개입니다. 색 맞추기는 마력량이 서로 걸맞은지를 제일 중요시하면서도 서로의 마력이 어느 정도 섞일 수 있는지, 물들이는 데 어느 정도의 저항이 있는지 재는 것입니다. 색 맞추기에 사용하는 도구는 직사각형 판 모양의 마석이 끼워진 마술 도구인데, 짧은 쪽 변에 단추 같은 작은 마석이 끼워져 있습니다. 각각의 단추에 손을 대고 마력을 흘려 넣으면 되는데, 마력이 흘러 들어가는 속도와 두 사람의 마력이 부딪힌 부분의 마력 얼룩 등을 측정해 두 사람의 마력이 맞는지를 판단합니다.

코르넬리우스와 레오노레가 마력을 겹쳤는데, 그런 경우에도 찌릿하고 근질거리는 감각이 드는 걸까요?
물들이기 위한 약을 먹지도 않았으니까, 찌릿하고 근질거리는 저항감이나 반발감이 있겠죠.

특별 처치 신청 때, 유레베 소유자의 혼인 이력 유무 이야기가 나왔는데, 혼인 이력=다른 사람과 마력을 물들인 경험이 있다는 뜻이겠죠……. 한 번이라도 서로 물들인 적이 있으면 마력이 변질된다는 건가요?
그렇습니다. 혼인에 의해 태어났을 때와 다른 마력이 됩니다.

귀족이 타고나는 마력의 색은 어떤 기준으로 정해지는 걸까요?
어머니와 아버지 마력의 중간 색으로 태어난다면 그 중간에 중간…… 이렇게 대대로 되풀이되면, 다들 같은 색으로 수렴되지 않을까요?

A 어머니와 아버지의 중간이라고는 해도, 물드는 정도나 임신 중에 아버지가 어느 정도 마력을 주입하는지, 태어난 계절 등, 다양한 요소에 따라 같은 어머니에게서 태어난 형제라도 마력의 색이 달라집니다. 그리고 성장 과정에서 신들의 가호를 얻는 등, 색이 달라질 요소도 여러 가지가 있습니다. 그러니 같은 색으로 수렴되지는 않을 것 같습니다.

Q 왕족 자식들의 측근은 전부 성인인가요? 나이가 비슷한 심복을 키우는 것을 추천하는 걸까요?
A 성인입니다. 귀족원에 들어간 뒤에 자신의 심복이 될 것 같은 학생을 중앙으로 데려오는 경우도 있습니다만, 중앙으로 이동하는 건 졸업한 이후니까요.

Q 부모님 측근이 일시적으로 자식의 측근으로 이동하는 경우가 있는데, 힐데브란트가 귀족원에 배치되면서 왕이나 막달레나의 측근이 힐데브란트의 측근(문관)으로 배치됐으려나요?
A 예. 왕족도 세례식을 기회로 자신의 측근을 얻게 되는데, 스스로 측근을 고르는 일은 귀족원에 들어간 이후인 경우가 많습니다. 힐데브란트는 별궁에서 떨어져 살기 때문에, 수석 시종 등의 주요 측근은 부모가 믿을 수 있는 사람으로 정해 줍니다.

Q 만약 문관 견습인 필린느나 로데리히, 하르트무트, 시종 견습인 리젤레타와 브륀힐데의 마력량과 성적으로 동시에 귀족원을 졸업한 뒤 누구의 측근도 되지 않는다면 어떤 일을 하게 될까요?
A 로데리히와 필린느는 수확제 때 전이진을 통해 들어온 세금의 구분과 기록 등, 마력을 많이 사용하지 않는 서기나 잡무를 하겠죠. 하르트무트는 반대로 수확제에서 전이진을 작동하는 징세관이나 기베들과의 연락 담당 등을, 리젤레타는 성의 시종으로서 손님에 대한 대응이나 각 계절의 연회 준비, 영주 일족의 다과회 보좌, 아이들 방 관리 등. 브륀힐데는 기베 그레셸을 보좌하면서 어머니로부터 여주인으로서의 사교를 배우지 않을까요.

Q 비밀 방을 남녀 단둘이서 사용한다=러브호텔, 이라고 생각하면 될까요?
A 음……. 귀족에게는 가장 개인적인 공간이니까 무슨 짓을 해도 이상하지 않을 테고, 누가 도와줄 수도 없으니까 너무 위험하다는 인식을 갖고 있습니다. 현재 일본으로 말하자면 가족이 용무가 있어서 집에 오지 않는다는 걸 뻔히 알고 있는 이성의 방, 정도 이미지려나요. 무슨 일이 있어도 이상하지 않지만, 그것만을 목적으로 삼는 장소라고 하기는 또 아니라는 의미로.

Q 마물처럼 귀족의 잘려 나간 신체 일부(예를 들어 손톱이나 머리카락, 손가락 등)에 마력을 넣으면 마석이 되나요?
A 마물도 마력이 모이기 쉽고 마석이 되는 부위가 정해져 있으니까, 귀족도 그런 부분은 소재가 됩니다.

Q 마술 도구 반지는 어느 손 어느 손가락에 끼워야 한다는 규정이 있나요?
A 그 손가락이 없는 게 아닌 이상은 왼손 가운데 손가락입니다.

Q 귀족의 반지는 마석에 마법진을 그려서 마술 도구로 만든 건가요? 아니면 보통 마석을 끼워서 매체로 삼은 걸까요?
A 마력 방출에 필요한 마법진을 넣은 마술 도구의 일종입니다.

Q 자신보다 마력이 높은 상대의 기억은 마술 도구를 이용해도 엿보기 곤란하려나요?
A 마력량보다 마력이 물드는 방식에 달려 있습니다.

Q 귀족의 자식에게 주는 마술 도구의 가격은 페르디난드의 엄청 맛없는 회복약이 팔렸을 경우의 가격보다 비쌀까요?
A 아이용 마술 도구도 천지 차이입니다. 하급 귀족 자식의 마력을 흡수하기만 하면 되는 마술 도구와 영주 일족 자식의 마력을 전부 흡수할 수 있는 마술 도구는 가격부터가 다르니까요.

Q 슈타프를 검으로 변형시켜서 싸우면 상당히 세게 부딪치는 경우가 많을 것 같은데, 부러지거나 하지는 않나요?
A 부러지는 경우도 있습니다. 하지만 파편을 회수해서 다시 흡수할 수 있습니다.

Q 성인이 되면서 슈타프를 얻었던 시절에는 올도난츠 등의 슈타프 사용 방법을 언제 배웠나요?
A 일을 하면서 현장에서 배웠습니다. 교사나 견습 업무의 상사가 슈타프로 모든 것을 간단히 끝내는 것을 몇 년이나 보고, 슈타프의 대체품이 되는 마술 도구를 사용한 강의를 들었기 때문에 슈타프를 얻은 뒤에는 딱히 강의를 듣지 않습니다.

Q 슈타프에 대한 질문인데, 슈타프가 없으면 못 하는 일도 존재하나요? 바셴도 반지나 마석으로 가능할까요?
A 슈타프가 있어야만 가능한 일도 존재하지만, 지금 시점에서는 자세히 말씀드릴 수 없습니다. 바셴용 마술 도구는 존재합니다. 하급 귀족은 슈타프를 사용하는 것보다 마력을 절약하기 위해서 발명된 마술 도구를 사용하는 사람도 많으니까요.

Q '회복약으로 치유하고 싶다'는 내용이 있는데, 통상적으로 복용하는 회복약에 상처 회복 효과가 있는 건가요? 효력이 충분하다면 상처까지 순식간에 사라지나요?
A 그렇습니다. 상처의 정도에 따라 다르지만 회복됩니다. 단, 이미 몸 밖으로 나와 버린 피는 남게 됩니다. 바셴으로 씻어 주세요.

Q 망토는 물론이고 옷이나 속옷, 신발 등에도 보호 마법진을 넣으면 방어력이 상당히 높아지나요?
A 방어력을 향상하려면 항상 마력을 보충해 줘야 합니다. 방어력은 물론이고 공격이나 도망 등을 위한 마력을 남겨 둔 채로 귀족으로서의 일상을 지내야 한다는 점을 고려해 보면 누구나 할 수 있는 일은 아니지만 가능하기는 합니다.

Q 하르트무트는 어떻게 이름 바치는 돌 만드는 방법을 알게 됐을까요? 문관 코스라고는 해도 수업에서 다루는 내용은 아닐 것 같습니다만. 그리고 일반적으로는 어떻게 정보를 얻나요?
A 이름을 바치는 돌에 관한 이야기만 하자면, 의견을 물었을 때 바로 자기 의견을 말할 수 있을 정도로 로제마인의 측근들도 알고 있는 물건입니다. 굳이 수업에서 배우지는 않지만, 수업에서 배우는 마술 도구만 만들 수 있는 문관은 영주 일족의 측근 중에서는 잘 해야 삼류입니다. 하르트무트는 로제마인의 수석 문관이 되고 싶다고 생각하기에, 상당히 다양한 것들을 독학으로 공부하고 있습니다. 페르디난드에게는 상대도 안 돼서 문관으로서

쓸모가 없는 게 아닌가 고민 중이고, 로데리히는 중급 문관 견습 주제에 독서량이 압도적으로 부족하다고 분개하고 있습니다. 널리 알려진 마술 도구 만드는 방법은 책을 통해 배울 수 있습니다. 귀족원 도서관이나 교사의 연구실에는 다양한 마술 도구에 관한 책이 있으니까요.

Q 이름을 바치는 돌의 품질이 부족하거나 이름을 바친 뒤에 바친 사람의 마력이 변동한 경우, 뭔가 안 좋은 일이 일어날까요?
A 품질이 부족하면 자신의 이름을 봉하지 못해서 이름을 바치는 돌을 완성할 수 없습니다. 마력에 상당한 변화가 있기 전에는 있을 수 없는 일이지만, 이름을 바치는 돌이 붕괴할 가능성도 있기는 합니다.

Q 주인이 마력을 주입한 이름을 바치는 돌은 주인 외에는 만질 수 없다는 것 같은데, 주인이 아닌 사람이 만지려고 하면 어떤 일이 일어나려나요? 그리고 타인이 직접 만지는 이외의 방법으로 이름을 바치는 돌을 입수해서 바친 사람, 또는 바친 주인에게 해를 입히는 것도 가능한가요?
A 이름을 바치는 돌은 주인의 마력으로 만든 하얀 고치가 감싸고 있기에, 말 그대로 건드릴 수가 없습니다. 다른 사람이 입수한 경우, 하얀 고치 상태에서 다른 사람이 명령을 내릴 수는 없지만 주인의 마력을 제거할 수만 있다면 다른 사람이 돌을 빼앗을 수 있습니다.

Q 이름을 바치는 돌을 돌려줄 경우, 주인의 마력을 빼내는 등의 조치가 필요할까요?
A 주인 또는 이름을 바친 당사자의 처치가 필요합니다.

Q '빈 마석'에 대해. 이마에 대기만 해도 마력을 흡수하는 '빈 마석'은 조합으로 만드는 일종의 마술 도구인가요? 로데리히가 수업에서 마석에 마력을 담는 데 고생했던 것처럼 그냥 마력을 비웠을 뿐인 마석에 멋대로 다른 사람의 마력을 빨아들이는 기능은 없는 것 같으니 모종의 가공을 한 게 아닌가 싶습니다만.
A 마석 자체의 힘이 아니라 페르디난드의 기술입니다. 흘러나오려고 하는 마력을 다른 마석에 옮기는…… 소재에서 소재로 마력을 옮기는 느낌이죠. 로제마인을 일종의 소재로 간주했다고 하면 이해하기 쉬우려나요? 물론 본편에서 썼던 것처럼 마석에는 잃어버린 마력을 되찾기 위해 흡수하려 드는 성질이 있으니 빈 마석을 그 속성의 마력과 접촉하게 하면 서서히 흡수합니다. 어디까지나 서서히니까 급할 때는 소용이 없습니다.

Q 신전장의 성전은 열람하는 데 허가가 필요하다고 하는데, 처음에 신관장이 마인에게 성전을 읽어 줬을 때 내용이 보였습니다. 방에 있는 사람 전원에게 허가해 줬다는 뜻일까요?
A '신관장, 그대가 여기에 올 마인이라는 아이에게 성전을 읽어 주게'라는 명령을 받았으니까, 읽어야 하는 신관장과 마인에게만 보였습니다.

Q 어둠의 신의 축문과 기사단이 사용하는 주문 외에도 축문의 깊이 버전 주문이 또 있나요?
A 있습니다. 축문이 너무 길어서 조금이라도 간략화하려고 연구하던 사람이 과거에 여럿 있었습니다.

Q 검은 마수 등의 분포에 규칙성이 있을까요? 최소한 단켈페르거에는 있는 것 같으니 문의 종류는 상관없어 보입니다만. 베르케슈토크가 분할되기 전부터 어둠의 주문을 알고 있었으려나요?

A 제3부에서 유레베 소재 채집을 위해 에렌페스트 안에 있는 각 속성이 강한 토지를 돌아다녔었죠? 그런 느낌으로 어둠의 속성이 짙은 토지에서 발생하기 쉽습니다. 단켈페르거는 오래 된 토지라서 어둠의 주문은 알고 있었습니다. 사용을 금지해도 지식은 전할 수 있으니까요.

Q 다무엘은 오랫동안 로제마인을 모셔 왔는데, 지금 로제마인을 어떻게 생각하고 있나요?

A 아주 열심히 하고 있다. 그 시절에 비해 참 많이 성장했다. 지금은 잘 돌아가고 있지만 이런 상태가 언제까지 계속될까……. 페르디난드의 비호가 있었기에 제멋대로 굴 수 있었던 부분이 크다는 걸 잘 알고 있으니까, 여러 의미로 불안할 것 같습니다.

Q 제4부 VII 시점에서 아돌피네는 로제마인을 어떻게 생각하고 있나요? 디트린데한테서 감싸 주고 해서 호의를 품고 있으려나요?

A 딱히 혐오하는 건 아니고 우호적이기는 하지만, 현대 일본의 감각으로 호의를 품는 것과는 또 다르다고 생각합니다. 친하게 대할 가치가 있다는 느낌이겠죠.

Q 라이문트는 로제마인을 어떻게 생각할까요? 생활 습관에 대해 주의를 기울이고 밥을 챙겨주고 하는, 자신을 돌봐주는 사저(師姐) 같은 느낌이려나요?

A 페르디난드 님께 다리를 놓아 주시다니…… 라고 감격하고 있습니다. 그리고 영주 후보생이 다른 영지의 중급 귀족에게 융통성을 발휘해 주리라고 생각해 본 적도 없으니까요. 이상하기는 해도 좋은 사람. 마력이 많아서 어떤 실험도 할 수 있을 테니 부럽다. 내 능력을 필요로 해 줘서 고맙다. 그런 느낌이려나요.

Q 귀족원의 실기나 필기시험 공부는 필요 이상으로 배우면서, 로제마인에 대한 상식적인 교육(사교나 마력 다루는 방법 등등)이 부족하다는 문제가 항상 따라다니는데, 대체 원인이 뭘까요?

A 로제마인이 이해할 수 있도록 가르칠 수 있는 사람이 없습니다. 예전 감각과 상식이 방해하는 탓에 표면적으로 배워도 로제마인이 완전히 이해하질 못합니다. 페르디난드의 생애를 생각해 봐도 겉으로만 잘 꾸미면 그만이라고 생각하기 때문에 교육 자체가 잘못되어 있습니다. 양부모와 친부모가 서로 '저쪽에서 알아서 하겠지'라고 생각하는 문제도 있는 데다, 시간이 압도적으로 부족합니다. 한마디로 여러 이유가 있습니다.

Q 클라리사의 가족은 약혼에 대해 어떻게 생각하나요?

A 겨우 기사 견습을 포기했나 싶었더니 또 바보같은 소리를 하네. 문관 견습이니까 좀 더 생각하면 안 되나? 사랑이 아니라 로제마인 님에 대한 존경과 동경이라고? 쉽게 뜨거워지고 쉽게 식는 동경으로 끝나면 어쩔 셈이냐?

Q 클라리사는 어떻게 코르넬리우스한테 약혼을 타진했나요?

A 정보 수집 중 코르넬리우스가 로제마인의 친오빠라는 것이 판명돼서, '정치적인 판단에 의한 약혼자 후보가 계신가요?'라고 아주 평범하게 질문했고, '이야기가 진행 중입니다'라는 대답으로 끝났습니다. 하르트무트는 사이가 좋은 여성이 많고 약혼자가 없다는 정보를 본인이 흘렸기 때문에, 바로 구혼했습니다.

Q 클라리사는 체격이 작아서 기사 견습이 못 됐다고 하는데, 지금의 클라리사는 키가 큰 하르트무트와 나란히 서도 잘 어울릴 정도로 키가 커 보입니다. 선별 시험 당시부터 지금까지 사이에 급격하게 성장한 걸까요?

A 급격하게, 라고 하기엔 조금 위화감이 있네요. 단켈페르거에서 선발 시험을 치르는 건 세례식~귀족원 입학 사이고, 로제마인을 소개받은 것은 귀족원 5학년 때입니다. 현대 일본의 이미지로 생각해 보면 초등학교 중간 학년~중학교 2학년 사이에 성장한 게 됩니다. 성장기 아이는 크게 자란다는 느낌입니다.

Q 질베스타가 태어나기 전만 해도 게오르기네는 다방면에서 에렌페스트의 차기 영주로 여겨지고 있었을 텐데, 팬북 3에서는 그런 조짐이 없었던 것처럼 보입니다. 언제쯤에 차기 영주로 여겨졌던 걸까요?

A 태어나서부터 질베스타가 세례식을 치를 때까지였습니다.

Q 베로니카의 전성기 시절에 보니파티우스나 칼스테드는 어떤 취급을 받았을까요?

A 보니파티우스는 베로니카 기준으로 아주버님에 해당하는데 차기 영주 교육도 받았고 영주 지위에 집착하지 않으니까 자기 편으로 만들고 싶은 사람. 칼스테드는 상급 귀족으로 강등되거나 게오르기네와 결혼한다면 용서하지만, 영주의 손자 지위로 차기 영주를 노린다면 용서하지 않는다. 칼스테드는 영주 지위에 집착하지 않았고 베로니카가 트집을 잡는 것도 귀찮으니까 도망칠 수 있다면 도망치고 싶다는 생각으로 행동했습니다. 그것이 괴롭힘이나 수작질로 적을 배제한 성공 사례가 되면서 베로니카를 더욱 거만하게 만드는 요인이 되기도 했습니다.

Q 베로니카는 압도적인 마력량이 있었는데, 어째서 에렌페스트 아우브의 양녀로 추천받지 않았던 걸까요?

A 아렌스바흐가 억지를 부려서 베로니카를 차기 영주로 밀어붙일 가능성이 있고, 다른 영지에서 데릴사위를 들이라고 강요하기도 하면 난처하기 때문입니다. 하지만 제1 부인이라는 입장이라면 허용 범위 내였습니다.

Q 제4부 VI의 '당신의 색으로 물들여 주세요'의 의미를 묻는 질문장을 받았을 때 페르디난드의 심정과, 세 장이나 되는 답장의 내용(잔소리가 많은지 엄청나게 길게 빙빙 돌려서 의미를 설명했는지)을 가르쳐 주세요.

A 그건 나한테 물어볼 일이 아니다, 이 멍청한 녀석! 이라는 심경으로 마력의 특성에 대해 교과서적으로 꼼꼼하게 정리한 편지였습니다.

Q 페르디난드는 검무 발표자로 뽑힐 정도의 성적이었다고 생각하는데, 봉납무에다가 검무까지 추었던 건가요?

A 영주 후보생은 검무에 나갈 수 없습니다. 봉납무 담당입니다.

Q 질베스타는 페르디난드의 출생의 비밀을 전부 알고 있는 게 아닌가요?

A 모릅니다. '페르디난드는 아버지가 데려온 내 이복동생'입니다.

Q 트라우고트의 나이가 유스톡스의 조카라고 하기엔 너무 젊은 것 같은데, 이유가 있나요?

A 트라우고트의 아버지가 병약한 탓에 힘들게 자식을 얻었기 때문입니다.

Q 유스톡스는 과거에 이혼을 했는데, 전처와 자식은 어떻게 됐나요? 아이는 아내의 친정에서 귀족으로서 세례를 받았을까요?

A 이혼하면서 많은 돈을 받았으니까, 아내는 친정 별채에서 살고 있습니다. 아이는 귀족으로서 세례식을 치렀습니다.

Q 하이데마리는 마력량이 충분했다면 에크하르트가 아니라 페르디난드의 결혼을 생각했으려나요?

A 딱히 그런 생각은 안 했을 것 같습니다. 페르디난드가 바란다면 받아들였겠지만, 하이데마리가 그걸 바라는 일은 없습니다. 숭배하는 것처럼 존경하는 우상과 일상을 함께하는 남편은 별개니까요.

Q 에그란티느와 백부에 해당하는 아우브와의 사이에 감정적인 엇갈림이라고 할까, 표면적으로는 괜찮은 것 같지만 서로 불쾌하게 여기는 일이 많지 않을까요? 그리고 그것 때문에 아우브와 에그란티느의 모친 사이에도 문제가 생기지는 않을까요?

A 불쾌감이라기보다는 입장에 따른 생각 차이겠죠. 에그란티느의 취급에 대해 시끄럽게 참견하는 선대 영주에 대한 아우브의 반발심 등이 에그란티느에게 향하는 부분도 있습니다. 아우브와 어머니의 관계는 딱히 나쁘지 않았습니다.

Q 정변이 너무 늦게 끝나는 바람에 에그란티느는 트라오크발이 아니라 클라센부르크의 양녀가 된 건가요?

A 정변 종식이 늦어진 탓도 있고, 암살 사건이 또 일어날 것을 우려한 선대 영주가 에그란티느를 떼어 놓고 싶지 않았다는 이유도 있습니다. 그리고 에그란티느를 양녀로 삼으면 그녀가 다음 왕이 됩니다. 정변에 참여해서 승리한 트라오크발과 그를 지지해 준 부인들에 대한 정치적인 배려 때문도 있습니다.

Q 디트린데 님은 매번 다과회에서 이상한 짓을 하고 계시는데, 혹시 …… 바보인가요?

A 그 나이와 신분에 비해서는 주위와 자신을 잘 파악하지 못하고 있습니다. 조금 옹호하자면 영주 일족이라고는 해도 제3 부인의 셋째 자식, 게다가 여자로 태어났기에 아무런 기대도 받지 않고 거의 방치된 상태로 자라 왔습니다. 그래서 모친 게오르기네가 제1 부인이 되고 자신이 차기 영주 후보로 올라오면서 주목을 받게 되자 좀 까불고 있습니다.

Q 뤼디거는 상급 귀족으로 세례식을 치르고, 부모가 아우브로 취임하면서 격이 올라간 건가요?

A 아닙니다. 부모가 영주 일족이라 뤼디거도 처음부터 영주 일족이었습니다.

Q 뤼디거는 로제마인과 빌프리트가 입학하기 전에는 아렌스바흐보다 격이 낮은 영지의 영주 후보생으로서 디트린데에게 사촌이라는 이름의 부하 취급을 받았으려나요?

A 아닙니다. 아예 상대를 안 했달까, 접촉 자체가 없었습니다.

Q 힐데브란트 왕자의 수석 시종 아르투르는 어디 출신의 중앙 귀족인가요?

A 기렛센마이어입니다. 제3 부인의 단켈페르거 스타일 교육 방침 때문에 난처해하고 있습니다.

Q 루펜 선생님은 어째서 중앙 기사단이 아니라 귀족원 교사가 됐을까요?

A 교사가 되고 싶었기 때문입니다. 더 자세히 말하자면 '내가 올바른 디터를 가르쳐 주마!'라는 느낌이려나요. 디터를 포교(?)하기 위해서 교사가 됐습니다.

Q 루펜 선생님은 힐쉬르나 프라우렘과 동료가 되면서 여성에 대한 가치관이 달라졌으려나요? 디터 전에는 그딴 건 아무 상관 없고 생각했을까요?

A 그건 뭐……. 여성도 참 다양하다고, 세상을 알게 됐겠죠. (웃음)

Q 군돌프 선생님에게 자식이나 손주가 있다면 영주 후보생이 됐을까요?

A 실력이 있고 영주에게 인정받아서 양자의 연을 맺는다면요.

Q 군돌프 선생님은 문관 코스도 수강한 걸까요, 아니면 강의를 많이 들었을 뿐일까요?

A 강의를 많이 수강했을 뿐입니다. 로제마인은 사서가 되고 싶어서 문관 코스 필수를 전부 들었지만, 군돌프는 자기가 관심 있는 강의만 들었습니다.

Q 레티치아의 동복형제는 영주 후보생으로서 귀족원에 다니고 있나요?

A 예. 아돌피네와 오르트빈의 이복형제 중에 존재합니다.

Q 책벌레의 하극상에 나오는 신화, 주신, 권속신 등은 전부 카즈키 미야 선생님이 고안하신 건가요? 바탕이 되는 이야기가 있다면 가르쳐 주세요.

A 그리스 신화와 로마 신화, 일본 신화를 참고했습니다. 스토리 전개에 맞춰서 생각했기 때문에, '이게 모델입니다!'라고 명확하게 말씀드리기는 힘듭니다.

Q 제단의 신상 순서에서 대지의 여신 혼자만 중간에 모셔져 있는 건 어떤 의미인가요?

A 대지의 여신을 독점하려고 하는 생명의 신, 대지의 여신을 해방시키려고 하는 형제 신, 대지의 여신에 대한 취급에 화가 나서 행동을 취하려는 에어베르민, 유르겐슈미트 초대 왕을 위해서 그루트리스하이트를 내려 준 지혜의 여신은 대지의 여신의 딸. 유르겐슈미트가 존재하게 된 모든 사건의 중심에 대지의 여신이 있기 때문입니다.

Q 달의 색에 대해서인데요, 봄: 플류트레네의 밤에는 빨강색, 가을: 슈첼리아의 밤에는 보라색이 되는 모양인데, 여름과 겨울에는 무슨 색이 되나요?

A 라이덴샤프트의 밤과 에이비리베의 밤은 없기 때문에 딱히 달라지지 않습니다.

Q 1년이 420일이라는 것 같은데, 이쪽과 비교하면 연간 날짜가 오

두 달 정도 많네요. 그래서 로제마인이 느끼기에 이쪽 기준(?) 외모 연령과 실제 연령의 차이가 있을까요?

A 제가 생각하는 연령의 이미지에는 있습니다. 하지만 일러스트레이터 시이나 님의 이미지와 완전히 맞추기는 어렵기에 캐릭터의 이미지에 맞춰 약간 어른스럽게 표현한다든지 나이에 비해 어린 분위기로 부탁드릴 때 외에는 기본적으로 위임합니다.

Q 유르겐슈미트에는 시계가 없는 것 같은데, 사람들은 어떤 기준으로 시간을 판단하는 걸까요? 배꼽시계인가요?

A 종소리+태양의 위치+배꼽시계입니다.

Q 같은 계급이라도 기베와 그 가족은 조금 더 격이 높은 가문으로 취급되나요?

A 토지를 관리하는 입장이다 보니, 그 계급 중에서도 마력량이 많은 귀족이 많습니다.

Q 클라센부르크의 겨울은 에렌페스트와는 비교도 안 될 정도로 춥다고 생각하면 될까요?

A 예. 그래서 지하 거리가 발달했습니다. 마술 만세.

Q 정변 당시의 이미지가 양쪽 진영이 서로 비난, 규탄 등을 통해 자기 편을 늘리려는 유치(誘致)전과 디터라는 작은 무력 충돌 이후에 일본 전국시대에 있었던 오사카 겨울의 진, 여름의 진처럼 단기 결전이 벌어졌던 건가요? 아니면 오닌의 난처럼 오랫동안 무력 충돌이 이어졌던 걸까요?

A 제2 왕자의 죽음과 구르트리스하이트가 소실된 이후, 병상에 누워 있던 왕을 두고 유치전과 작은 무력 충돌이 이어졌습니다. 구르트리스하이트가 없는 탓에 왕이 후계자를 정하지 못하고 죽은 뒤에 제1 왕자와 제3 왕자가 단기 결전에 돌입. 제3 왕자가 승리했지만 그것을 받아들이지 못한 제1 왕자 파벌에 의한 암살 사건이 일어납니다. 제3 왕자의 유복자인 에그린티느를 보호한 클라센부르크가 위령전을 벌이는데…… 뭐, 한마디로 보복이죠. 그리고 제4 왕자와 그다지 내키지 않았던 제5 왕자를 끌어내기 위해 긴 유치전과 작은 무력 충돌이 계속되고, 최종적으로는 단켈페르거를 아군으로 끌어들인 제5 왕자의 승리로 끝났습니다. 하지만 숙청 범위를 정하는 중에 제4 왕자파가 제5 왕자의 공주를 암살하면서 숙청이 격화. 처음부터 끝까지 생각해 보면 꽤 오랜 기간입니다.

Q 귀족원에서 중앙의 별관으로 이어지는 문은 대체 몇 개나 있는 건가요? 방계 왕족까지 별궁 문을 하나씩 가지고 있다면 신의 숫자도 문 숫자도 부족할 것 같습니다. 지금까지 별궁이 부족할 정도로 사람 숫자가 많아졌을 때는 어떻게 대응했나요?

A 최고신+다섯 대신+권속신 숫자만큼 전이용 문이 있습니다. 거기에 중앙의 왕궁, 별궁, 각 영지 기숙사, 각 다과회실 문이 이어져 있고요. 지금은 사용하지 않는 문도 여럿 있습니다. 방계 왕족이 너무 많아도 곤란하니까 일정 숫자 이상으로는 늘리지 않습니다. 양자 결연이나 혼인 등을 통해 각 영지로 보내거나, 방계 왕족간의 결혼으로 통합시키고는 합니다.

Q 귀족원의 이론 수업에 관한 질문입니다. 처음에 시험을 보고 합격하면 수업을 듣지 않아도 된다는 형식은 새로운 것 같고 합리적이라는 생각도 드는데, 어딘가에 실제로 도입한 나라가 있을

까요? 바탕이 된 사례가 있다면 가르쳐 주세요.

A 딱히 없습니다. 스토리 전개의 편의에 따라 생각한 형식입니다. 굳이 따지자면 월반 제도려나요.

Q 에렌페스트에는 '히르쉬'라는 기베령이 있는데, 힐쉬르의 이름과 우연히 닮은 걸까요? 일본어로는 비슷하지만 유르겐슈미트어로는 또 다르다든지?

A 우연입니다. 플롯에는 '사감'이라고만 적어 놨었기에 이름을 생각해야만 했는데, 인명사전을 아무리 봐도 딱 이거다 싶은 이름이 없었습니다. 그래서 당시에 저희 아이 담임선생님 성의 한자를 독일어로 바꾸고 일부를 잘라 붙였습니다. 프림베르 선생님도 아이 담임선생님 이름에서 힌트를 얻었습니다. 이쪽은 성 말고 이름에서. 클라센부르크 출신은 프랑스어 느낌입니다.

Q 라오블루트가 상급 귀족인데도 흉한 얼굴인 건 어째서인가요? 페르디난드 님 말로는 신분이 높을수록 아름다운 것이 당연하다는데.

A 시이나 님이 알기 쉬운 악역 얼굴로 그려 주신 결과가 아닐까? 왕자님도 아니니 딱히 문제가 될 게 없을 듯해서 OK 했습니다.

Q 작가 선생님은 '책벌레의 하극상'을 쓰면서 세계관과 캐릭터 중에 어느 쪽을 주체로 쓰시는 걸까요? 어쩌면 마인 말고 다른 캐릭터가 주인공이 되는 이야기를 쓰려고 했던 건 아닐까, 같은 상상도 해 보고는 합니다만.

A 저는 세계관도 캐릭터도 아니고 스토리를 주체로 쓰고 있습니다. 처음에 스토리를 만들고 거기에 맞춰서 캐릭터와 세계를 붙여나가는 느낌입니다. 그리고 마인 말고 다른 주인공은 생각한 적이 없습니다.

Q 인쇄 박물관이나 앤솔로지, 애니메이션 등등 많은 기획들이 계속해서 나오고 있는데, TO 북스(주 : 책벌레의 하극상 일본 현지 출판사)에서 아이디어를 내거나 제안한 것도 있나요? 어떤 경위로 어떻게 해서 이렇게 됐는지에 대해 가능한 많이 알고 싶습니다.

A 만화, 드라마 CD, 애니메이션 제작 등의 미디어 믹스는 처음에 '판매 촉진을 위한 미디어 믹스를 바라는지 여부'를 묻는 데서부터 시작했습니다. '작품을 다른 이에게 맡겨야 하는데, 아무리 열심히 맞추려 해도 원작과 다를 수밖에 없다. 거기서 스트레스를 받는 작가도 있으니 확인하고 싶다'라고. 제가 GO 사인을 했더니 각각의 일들이 진행됐습니다.
제가 아이디어를 낸 것은 책벌레의 하극상 굿즈였습니다. '자동차 열쇠에 다는 키 홀더를 만들고 싶은데 공방 문장을 써도 될까요? 최소 수량으로 만들어도 상당히 많이 남을 텐데, 그건 제가 팔아도 될까요?'라고, 제가 갖고 싶은 열쇠고리 이미지를 메일로 보냈더니, '좋네요. 저도 갖고 싶습니다. 온라인 스토어에서 팔겠다면 저희 쪽에서 만들겠습니다'라는 답이 돌아오면서 굿즈 제작이 시작됐습니다.
인쇄 박물관과의 협업 기획이나 도서관에서의 강연은 그쪽에서 TO 북스 쪽으로 기획서를 보내 주셨고, 담당 편집자분을 통해서 제게 전달됐습니다. 스케줄을 확인해서 문제가 없으면 받아들이지만, 거절한 기획도 몇 가지 있습니다. 어떤 형태로 들어오는 기획이건, 제가 생각한 기획이건, 전부 중간에 담당 편집자분을 거치기 때문에, 그분이 가장 힘들지 않을까 싶습니다. (웃음)

LOVE 마신 등장

마인! 정말 봤어? 예쁜 코린나 모습이 완전히 여신이야! 새삼 반했다니까~

오토 씨, 애니메이션 봤어요

…두두두두

오토 씨도 (예상보다는 훨씬) 멋있었어요

와락

마이이이이인!

쿵!

쿨럭

그랬구나! 역시 아빠가 최고지!!

아… 아빠도 대단했어요… (팔불출 느낌이야)

오토 따위는 됐고! 아빠는 어땠니?!

코오오옥

⬆ 권력에 치여 날아간 오토

아아, 성녀님

저는 당신이 생각하는 성녀 같은 게 아니에요

하르트무트, 일단 분명히 말해 두는데

축복도 신전장이라 하는 거예요

계속 신전에서 살았기에 축사나 신구에 대해 잘 알 뿐이고

⬆스윽….

그러니까 숭배할 정도의 존재는…

로제마인교 한창 속행 중

제 말을 듣기는 하신 건가요?

네에? 신앙은 제 자유 아닙니까?

진짜! 하지 말라니 까요!!

← 오른쪽에서 왼쪽으로 읽어 주세요

저자 메세지

카즈키 미야

팬북도 벌써 4권째. 올해는 공식 앤솔로지가 나오고, 주니어 문고도 나오고, 드디어 애니메이션 방영도 시작됐네요.
마치 남의 일인 양 전개가가 대단하구나, 라고 느끼고 있어요.

시이나 유우

팬북도 4권째네요.
그리고 이번 표지는 먹거리가 잔뜩.
「책벌레」에 나오는 먹거리는 왠지 맛있어 보여요.

스즈카

이번에는 만화에 맞춰 설정한 신들의 디자인을 수록했습니다. 머리 모양과 의상에 상당히 고민했기에, 매번 책이 나올 때마다 새로운 캐릭터를 그려 주시는 시이나 선생님이 정말 대단하다고 다시 한 번 뼈저리게 느꼈습니다…!

나미노 료

제3부 만화를 담당하고 있습니다. 팬북 참가는 두 번째입니다. 앞으로 더더욱 드넓게 펼쳐지는 책벌레 세계와 함께, 세 번째 팬북 참가를 위해 열심히 해 보겠습니다.

책벌레의 하극상 오피셜 팬북 4

초판 1쇄 발행 2024년 9월 15일

저자 카즈키 미야
일러스트 원안 시이나 유우
만화 스즈카/나미노 료
협력 스즈키 토모야(TINAMI주식회사)

발행인 원종우
발행처 (주)블루픽

주소 (13814) 경기도 과천시 뒷골로 26, 2층
영업부 02-6447-9017 **편집부** 02-6447-9019 **팩스** 02-6447-9009
메일 edit@bluepic.kr **웹** vnovel.kr

ISBN 979-11-6769-336-5 06830

Honzukino Gekokujo Fanbook Vol.4
By TO BOOKS, Inc.
Copyright © 2019 by Miya Kazuki / You Shiina / Suzuka / Ryo Namino / TO Books
First published in Japan in 2019 by TO BOOKS, Inc.
Korean translation rights arranged with TO BOOKS, Inc.
through Shinwon Agency Co.